~がんの外科医が一晩で
がん患者になってからしたこと~

余命半年、僕はこうして乗り越えた!

西村元一（医師、がん患者）

余命半年、僕はこうして乗り越えた！

がんの外科医が一晩でがん患者になってからしたこと

プロローグ
——二〇一六年　春の講演会より収録——

西村元一《にしむらげんいち》といいます。

胃がんになりまして、今、治療を受けています。昨年（二〇一五年）三月に、「肝転移を伴う根治が難しい進行胃がん。治療をしなければ余命半年」と診断され、治療を始めました。

実際に治療を自分が受けてみると、抗がん剤治療の有害事象って言いますけど……たとえば今、右の足の神経麻痺があります。また、左の神経の問題があって、完全にドロップハンド（とう骨神経麻痺）なのですが、そういうことは経験してみないと全然わかりません。

そういう面でお聞き苦しいこともあるかとは思いますが、ご容赦ください。

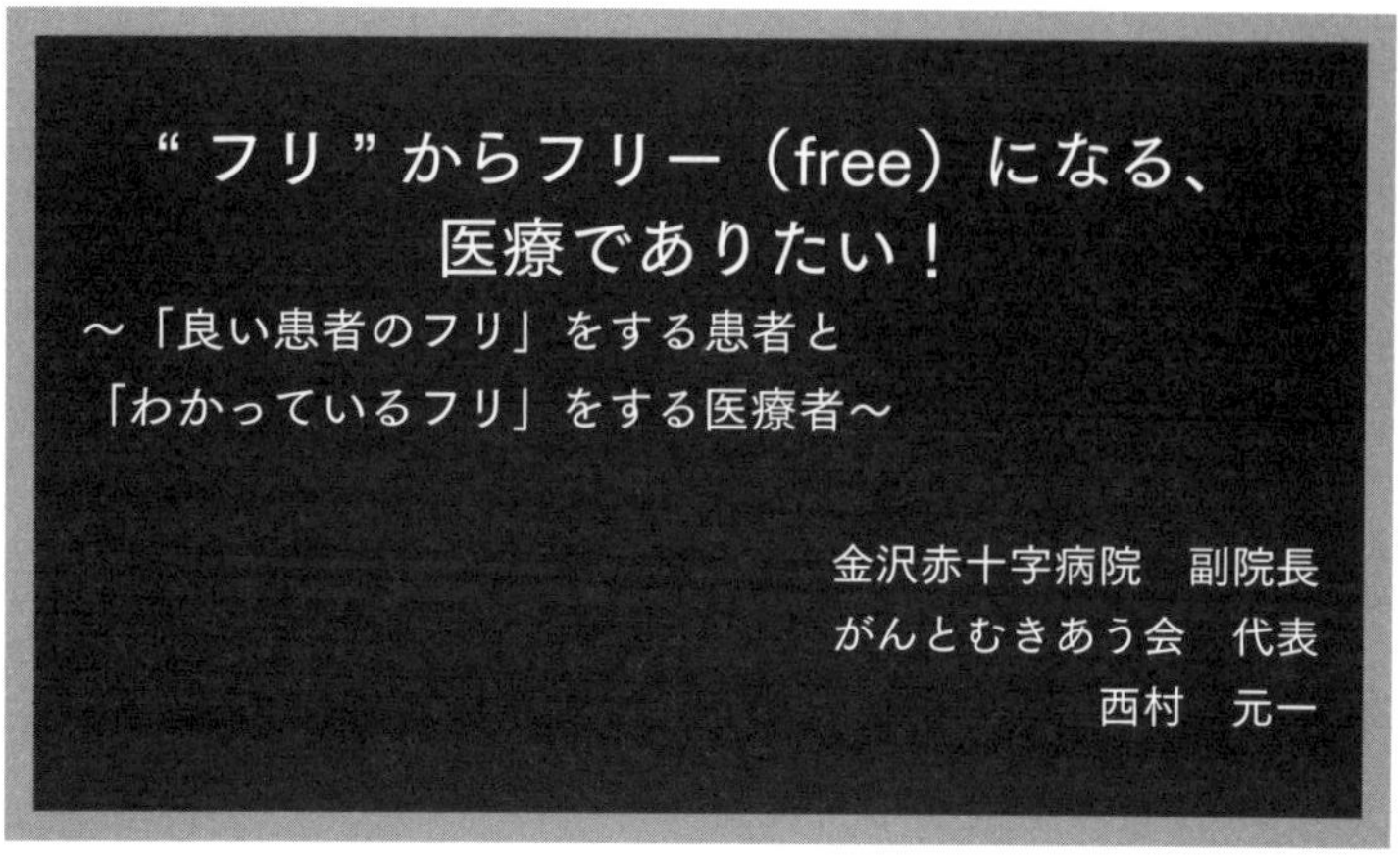
“フリ”からフリー（free）になる、
医療でありたい！
～「良い患者のフリ」をする患者と
「わかっているフリ」をする医療者～
金沢赤十字病院　副院長
がんとむきあう会　代表
西村　元一

今日のお話のタイトルは、

〝フリ〟からフリー（free）になる、医療でありたい！
～「良い患者のフリ」をする患者と
「わかっているフリ」をする医療者～

ということで、進めていきます。

自分は大腸がんを専門とする外科医です。医師をやっていて、患者さんによく言われるのは、「がん治療を受けたことがないのに、どうしてそこまでわかるの？」というものでした。そんなことを言われるたびに、やはり治療をする立場

自己紹介

1958年9月29日	金沢市生まれ
1983年3月	金沢大学医学部卒業
6月	金沢大学医学部第二外科（宮崎外科）入局
1987年4月	金沢大学に戻り博士号の研究（大腸癌の基礎） 山口明夫先生（元 福井大学教授）に師事
1989年4月	社会保険鳴和病院（現 JCHO 金沢病院）勤務
1992年4月	金沢大学医学部第二外科助教 主に大腸癌の基礎と臨床を担当
2006年7月	金沢大学医学部付属病院 胃腸科外科科長
2008年4月	金沢赤十字病院 第一外科部長 金沢大学付属病院胃腸外科特任教授兼務
2009年1月	金沢赤十字病院 副院長 兼 第一外科部長

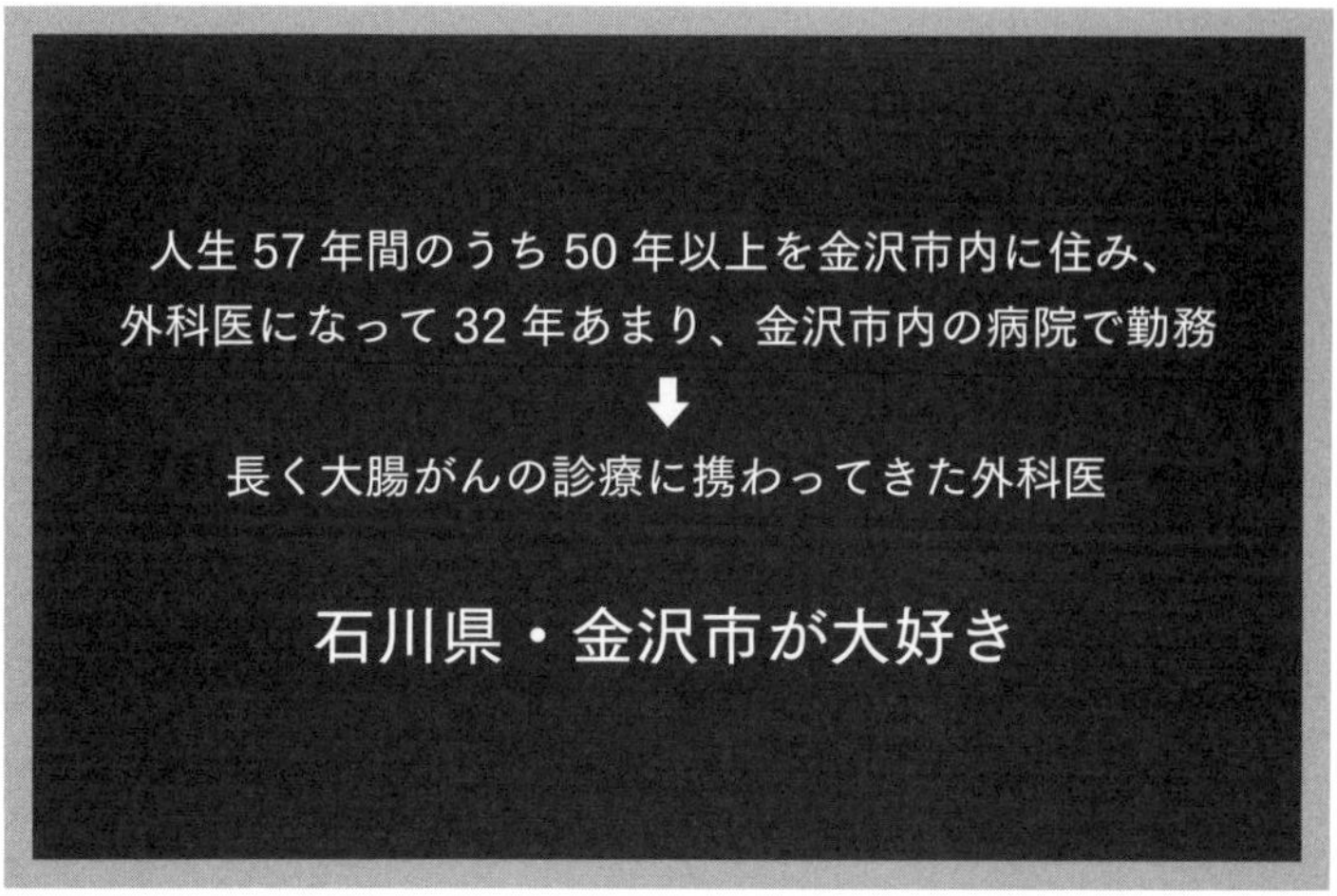
人生 57 年間のうち 50 年以上を金沢市内に住み、
外科医になって 32 年あまり、金沢市内の病院で勤務
長く大腸がんの診療に携わってきた外科医
石川県・金沢市が大好き

としましても、がんを経験したことがない、知ったかぶりをしているな、と思っている部分が、正直なところ、ありました。

どうしたら、医師はがん患者さんとの距離を埋められるのかなあ、何か良い方法はないものか、これは自分が、がんになるしかないのかなあ、と思っていたら……本当にがんになってしまった（笑）。

そういうところも含めて、今日はお話ができたらなと思っています。

自己紹介、ツラツラと書いてありますが、こんなものはどうでもいいので、実際の自分は、このような

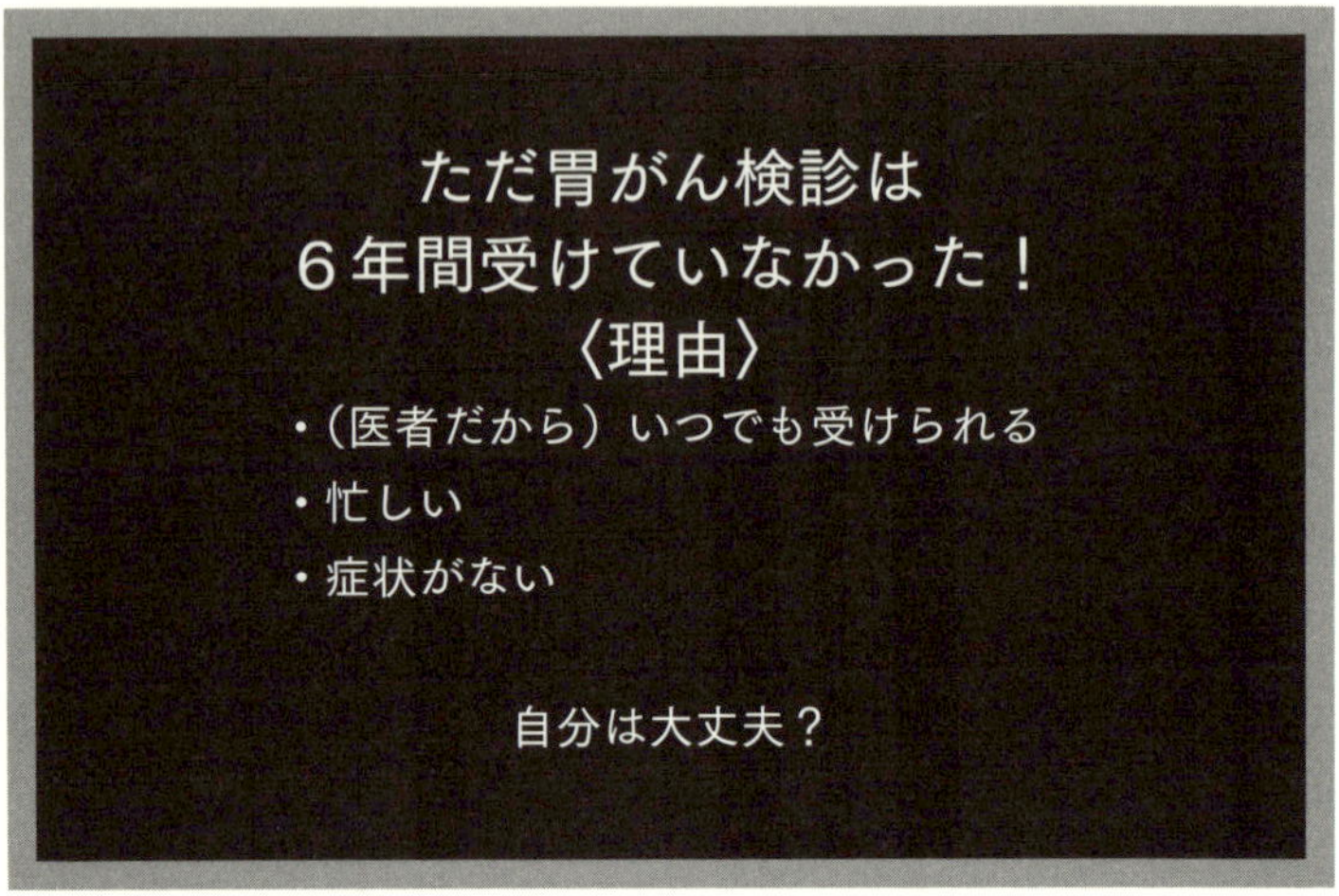
ただ胃がん検診は
6年間受けていなかった！
〈理由〉
・（医者だから）いつでも受けられる
・忙しい
・症状がない
自分は大丈夫？

感じです。

五十年以上も金沢市内に住んでいまして、外科医になってからの三二年で、一年間を除いてずっと金沢市にいます。ですから、おそらくこのまま金沢で年老いて死ぬのかな、と。基本的には大腸がんを専門としている外科医で、金沢しか知らないということで、石川県と金沢市が大好きです。

大腸がん治療に携わっていて、大腸がん検診を推進している身としては、せめて大腸がんでだけは命を落としたくないなというのがありまして、大腸がん検査はしっかり受けて、便潜血検査をして、大腸内視鏡検査は五年に一度はしていました。そこはクリアだったんですけれど、胃がん検診は六年間受けていませんでした。

うちの病院では、胃の検診は選択制でしたが、勤務している者にとって内視鏡検査は、いつでもできる環境にあります。ただ「いつでも受けられる」「忙しい」という気持ちも手伝って、医療者はよく、検査を受けずに「自分は大丈夫」と言い張ります。

僕ががん患者という立場になってから、たくさんの同僚や先輩、部下の先生がお見舞いに来てくれました。患者になった僕と話しているうち、「実は僕は、今まで一回も自分の胃カメラをしたことがないよ」と仰る、胃がんの権威の先生がおられました。「人には熱心に検診を勧めているけど、私は大丈夫な気がするから検診を受けていないのですよ」、と話してくれた先生も多くおられました。

医師に検診を勧められたら、「では、先生ご自身はいつ受けましたか?」と一度訊いてみるのも面白いかなと思います。そうやって患者から訊かれることで、もしかしたら、その先生は検診を受ける気になるかもしれないので、きっかけ作りのためにも、ぜひ（笑）。

これは、医師がよく陥る罠で、がんを他人事として捉えがちなのです。自分は検診を受けているフリをして、皆さんに検診を勧めているのです。

僕も、そうでした。

二〇一五年三月二六日に、僕は突然の下血があり、軽いショック状態になって倒れました。すぐに胃カメラ検査を受けました。すると、食道から胃に入るところに腫瘍が見つかりました。

そこから出血したということです。

次にCTを撮りました。胃に腫瘍があり、その一部が食道に入りこんでいますし、膵臓の方にもあるという……かなりの進行がんでした。六年間、何も胃の検査をしていなかったのです。さらにリンパ節にも転移がありますし、肝臓にも少なくても三つはあるということでした。

基本的には、もう治らないがんだということです。

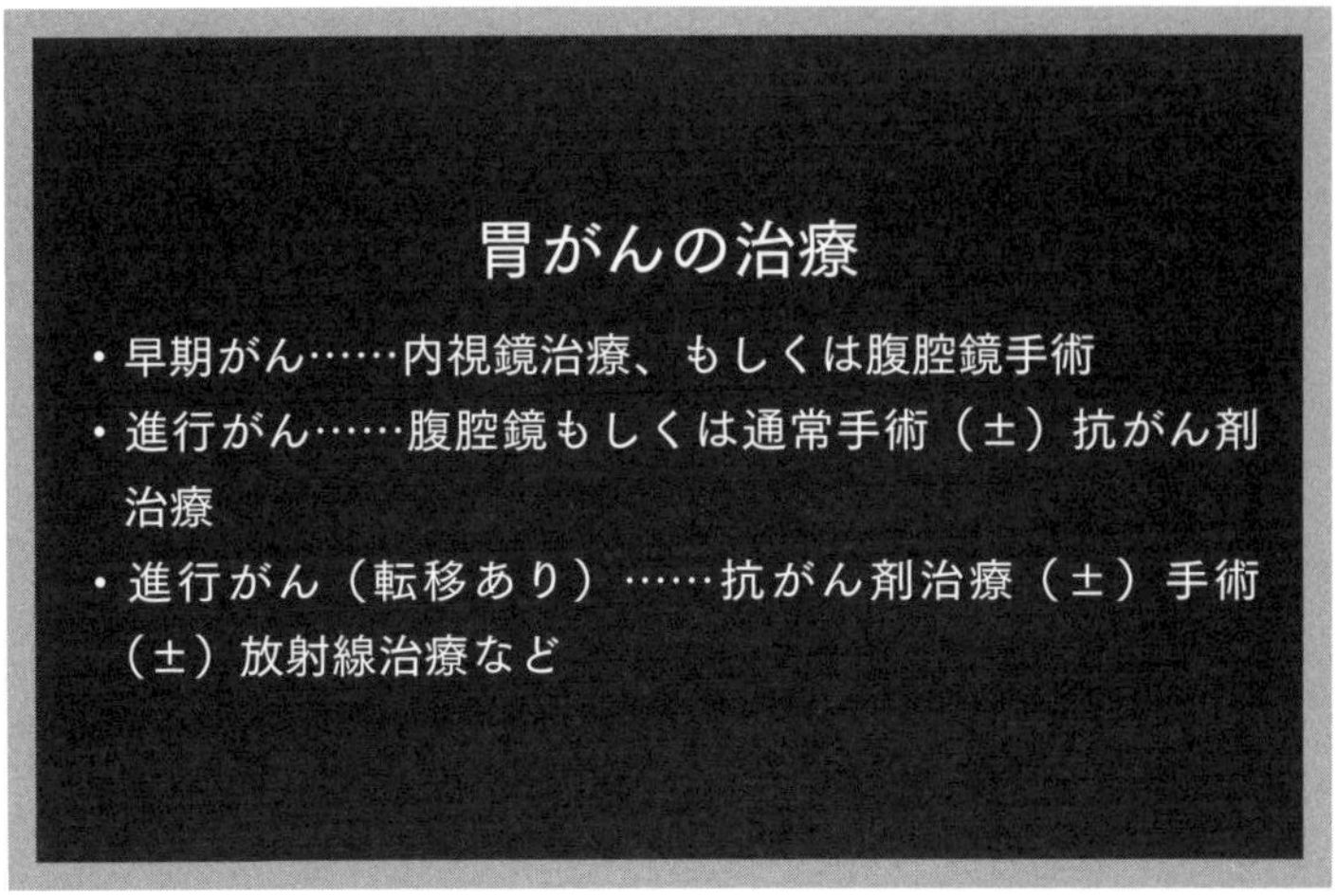
胃がんの治療
・早期がん……内視鏡治療、もしくは腹腔鏡手術
・進行がん……腹腔鏡もしくは通常手術（±）抗がん剤治療
・進行がん（転移あり）……抗がん剤治療（±）手術（±）放射線治療など

治療をしなければ予後半年、という状態でした。

　これはもう、医療者としては……いかに長くがんとつき合うか、です。何もしなければ半年だけれども、近藤誠さんであれば何もしないだろうけれども（笑）、僕は、何か治療をしたい。医師として今まで多くの患者さんに治療を勧めてきたのだから。

　一般的な見解としては、早期の胃がんであれば内視鏡手術で終わります。

　転移があるものに関しては、抗がん剤治療、手術。場合によっては、放射線治療とか免疫療法という選択になります。

では、治療をどう決めるのか。後輩が僕の主治医になってくれたということもあり、いろいろ相談をしました。

僕のがんは、食道と胃の入り口のところにあるので、これが今後大きくなってくると、食べられなくなる可能性があるので、まずはそこを切除して取って、がんの体積を少しでも減らそうということになりました。

そのあとまた、治療方法を考えようと。

まずは抗がん剤治療をしました。その後、手術をして胃を全部取りました。膵臓や肝臓の一部も取って、取れるものはみんな取ってもらいました。取れるものは取ったけれども、体内にはまだ怪しいところがあるので、そこへ放射線治療を追加しました。そして、免疫療法も始めました。

免疫療法は、まだまだ完全にエビデンスが確立された治療法ではないのですが、金沢大学の横の先進医療センターが、免疫療法については定評がありまして、精度的にもかなりしっかりしているということ、また、抗がん剤治療と併

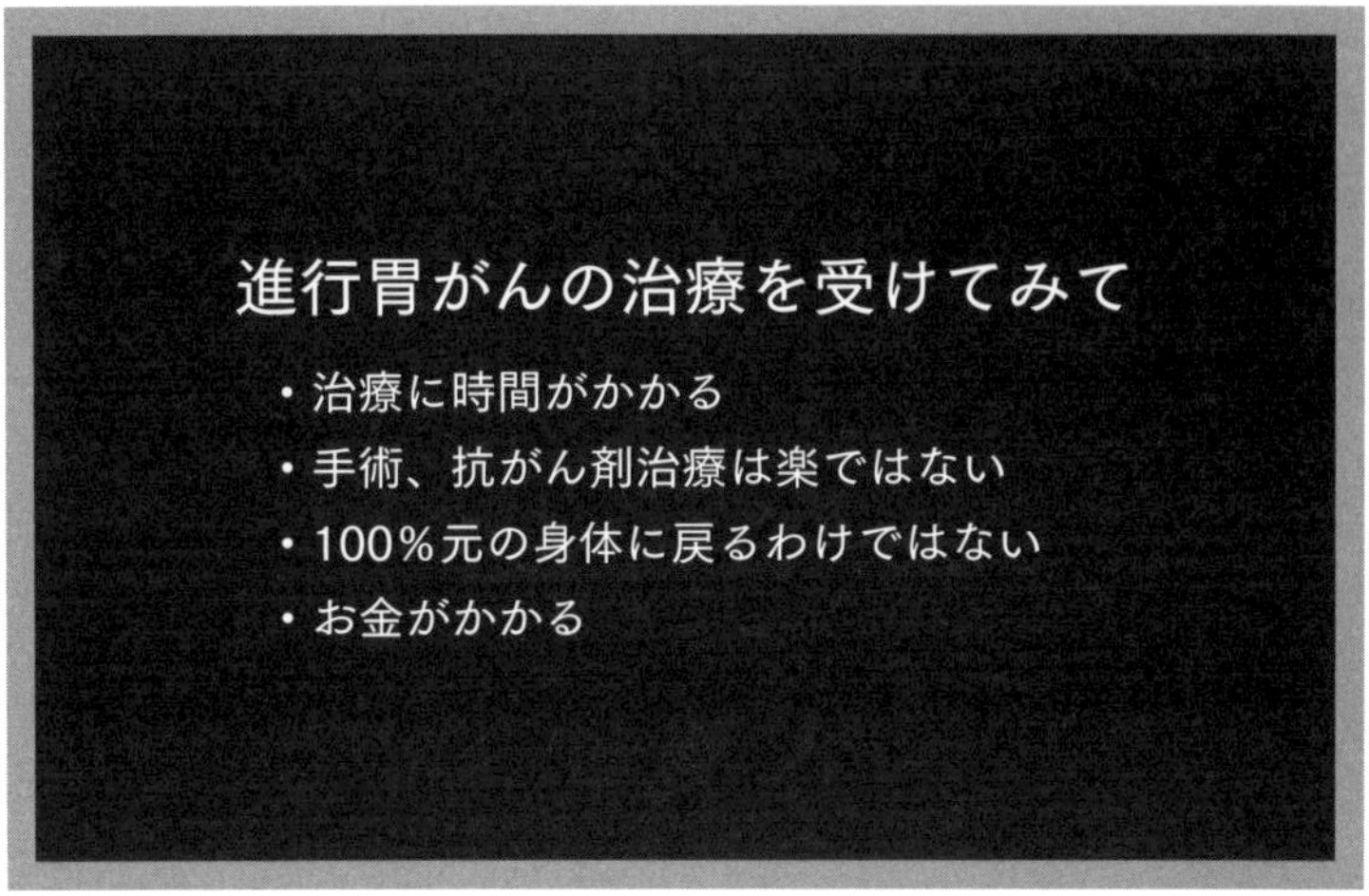
進行胃がんの治療を受けてみて
・治療に時間がかかる
・手術、抗がん剤治療は楽ではない
・100%元の身体に戻るわけではない
・お金がかかる

用しても邪魔にならないということで、免疫療法も選択しました。

僕は、九月が誕生日なんです。二〇一五年三月二六日にがんが見つかって、何もしなければ予後半年と言われました。

家内と「予後半年ならば、誕生日がひとつの目標やね」と話していたのです。それを無事過ぎたら、そこからはプラスαの人生と考えようと思いました。

九月二九日、僕は入院をしていました。病院のスタッフが、前日に誕生日会をしてくれました。

ということで、今、僕は、プラスαを生きています。

進行胃がんになると、やはり治療には時間がかかります。手術にしろ、抗がん剤治療にしろ、その治療をしたからといって、すぐに効果が出るわけではないのです。また、抗がん剤治療は、開始から一ヵ月くらい経たないと、その効果はわかりません。じっと待つしかない。治療と、効果の発現まで時間がかかるのは認識しておかないといけません。

手術、抗がん剤治療……楽なものはひとつもありません。

そして、何をしても、一〇〇パーセント元の身体に戻るわけではありません。内視鏡で、たとえばポリープを取るくらいの治療であれば、一〇〇パーセント、元の身体に戻りますけれども、進行がんの場合は、基本的に元の身体には戻らないので、そういう前提で治療を受けなければなりません。

お金もかかります。免疫療法は度外視としても、お金はかかるので、がん保険がないと、思うような治療は受けられない面もあります。

どうせ見つかるならば早期で見つかりたかった、というのが今の後悔です。

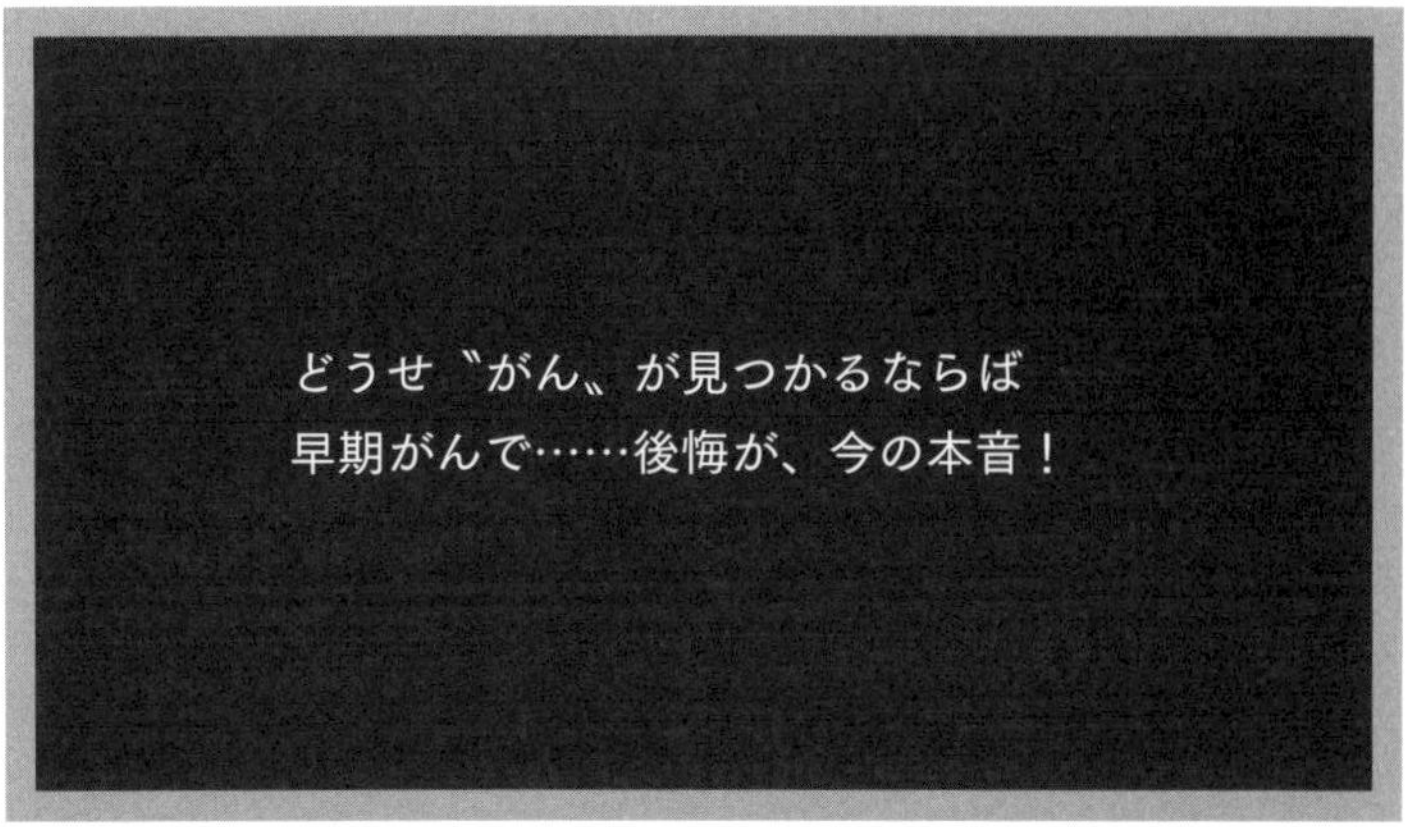
どうせ〝がん〟が見つかるならば
早期がんで……後悔が、今の本音！

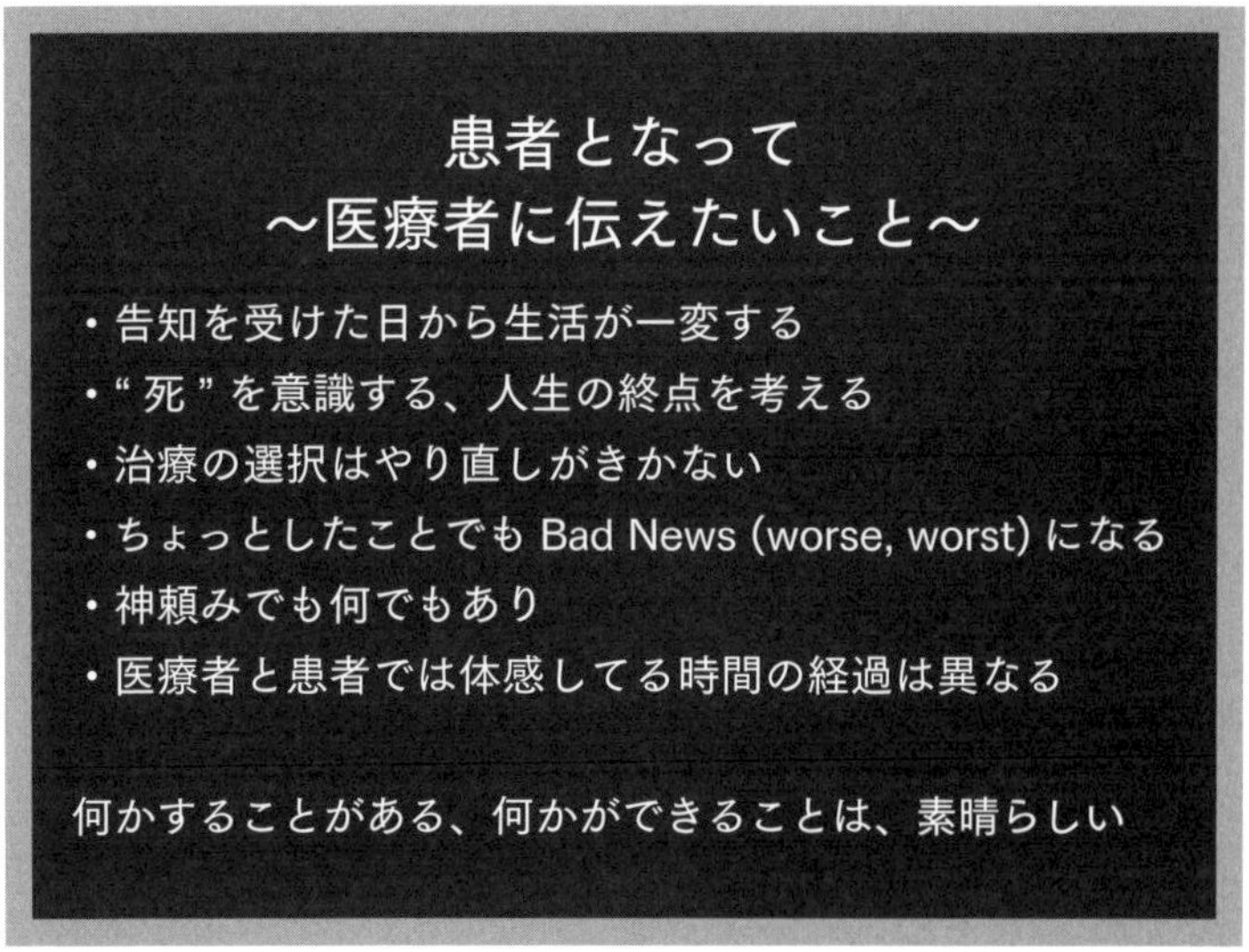
患者となって
～医療者に伝えたいこと～
・告知を受けた日から生活が一変する
・“死”を意識する、人生の終点を考える
・治療の選択はやり直しがきかない
・ちょっとしたことでも Bad News (worse, worst) になる
・神頼みでも何でもあり
・医療者と患者では体感してる時間の経過は異なる
何かすることがある、何かができることは、素晴らしい

しかし、そんなことを言ってももう始まらないので、少しでも命を持たせていく、そういうふうにやっています。

医者から一晩にして患者になった僕が、今、医療者に伝えたいことは、「患者は、告知を受けた日から生活が一変するということ、そして〝死〟を意識するということ」です。

死というより、〝終わり〟というものを意識すると言った方が正確かもしれません。〝終わり〟を意識して、いろいろなことを考えます。

いずれ何かをすればいい、と今まで当たり前のように思っていた〝いずれ〟がないため、前倒しに考えていかなければなりませんし、こなせるものから、順番にこなしていかないといけません。

しかしもう、会いたくない人には会わなくてもいいし、やりたくない仕事にもノータッチでいくことにしました。今までは、おつき合いで、もう会いたくない人にも、「また会いましょう」と言っていましたが、それも必要ありません。

　あとは、治療の選択肢はあっても、選択をしたならば、当然やり直しはききません。ちょっとしたことでも、バッドニュースになります。医療者の治療の持っていき方によっては、患者への話し方によっては、〝バッドニュース〟が〝ワース〟にも、〝ワースト〟にもいくらでもなるのです。

　〝バッド〟をあやふやにされて、あとになってわかったときには、〝ワースト〟になりえるので、あやふやに伝えられるより、きっちり伝えてもらった方がいいです。もちろん、神頼みをするときもあります。

　また、治療を受けている患者さんにとっては、当たり前のことですが、すべてにおいて治療が優先です。

　たとえば、皆さんは一日八時間くらい働くと思いますが、患者は、一日二時間くらいしか、やることがありません。そのあたりの時間的感覚のギャップが、健康な人とあります。人間、何かすることがある、何かできることがある、誰かに頼られることがある、ということが大きな糧です。がん患者になると、そ

・患者の気持ちは日々（場合によっては１日のなかでも）変化する
・患者に土日など休みはない
・人はひとりでは生きていけない。誰かがそばにいてくれるからこそ生きていける
・病棟看護師は患者とのコミュニケーションより、リスク管理などで忙し過ぎる？
・スタッフのコミュニケーション能力の差
・自分の病態全体を把握しているのは誰か？

の糧を奪われてしまう。

ですから、コミュニケーション不足のまま、「お大事に」「あとはもう体を休めてください」と医療者から言われるのは、「見放された」「突き放された」と思ってしまう可能性もあります。


患者の気持ちは、日々変わります。一日のなかでも当然変わりますし、医療者が、一週間に一回、顔を見ているからといって、その変化を理解できるものではありません。

患者に、土日はありません。週末だから、会うのは来週にしま

しょうと言われても、患者によっては通用しません。病院が運営上、休日を設けるのは仕方ないのですが、患者は休日なんてないという気持ちでいることは、医療者はわかっておく必要があるでしょう。

さらに、昨今の病棟の看護師さんは、リスク管理にばかり忙しくて、患者とのコミュニケーションが十分に取れていないような気がします。

昨今、チーム医療が進んできました。良いことだと思います。しかし、一方で、看護師さんや薬剤師さん、管理栄養士さんなど、ひとりの患者に対して、あまりにも役割分担がされ過ぎて、病状や気持ちの面も含めて、トータルで自分のことをわかってくれているのは、主治医以外には誰なのだろうか、というクエスチョンが浮かぶのです。自分の病気のことを、主治医は当然、把握してくれているけれど、では、主治医以外は誰がどこまで、と不安になるのです。

もちろん、電子カルテ上での情報共有はされているのだと思います。しかし、その電子カルテも、記入の仕方や記載内容に、個人の能力差がものすごく大きく出てしまうものです。きちんと患者の顔を見て話をしてくれる人がいて、それをチーム医療のスタッフで、病棟で、共有をしてもらわないと、なかなか上手くコミュニケーションは取れないんじゃないかと思います。

それとともに、自分が患者になったことにより、患者側も、もっと変わっていかなければならないと思っています。

人は誰もが、ひとりでは生きていけません。誰かの支えがあるからこそ生きていけるというのは、医療者であろうとなかろうと、患者であろうとなかろうと、同じです。元気なときは、自分ひとりの力で生きているように錯覚するけれども、そんなことは、絶対にあり得ません。

みんな、誰かが支えてくれているから、生きていけているのです。

それは、近くにいる人だけではなく、遠くにいる方も含めて、自分を支えてくれているのだと。

がん患者になってから、自分を支えてくれている人のことが、よくわかるようになりました。

～医師が患者となって、
患者さんと家族に伝えたいこと～

・今まで通りお任せします、は成り立たない
・何も言わないと、何もしてもらえないかもしれない！
・理解できないことはしっかり確認すること
・主治医以外に誰が自分のこと全体を把握しているか確認しよう
・患者が参加できる、関われる部分があれば積極的に参加する

患者も変わらないといけない！
自分の命は、ある程度自分で責任を持つ覚悟が必要！

エッセイスト　岸本葉子さん

患者も、従来通り医師に「お任せします」と言っているだけでは、成り立たないと思います。自分のことをまるごと把握している人がいないかもしれないと考えると、患者がもっと医療に関心を持って能動的にならないと困ることが出てくるのではと考えます。

何も言わない、おとなしい患者ということは、不自由していませんと言っているようなものなのです。だから、患者も何か発言をしていかないといけませんし、理解のできないことは、確認していかなくてはいけません。そして、誰が自分のことをがんを抱えると、いろいろな「フリ」をします。
本人も、家族をはじめとする親しい人もそうです。
仕事場では、来年という時間があるのが当然のようなフリ。
お互い同士では、悲しんでなどないフリ。
自分自身に対しても、怖がってなどいないフリ。
病院では意思決定をすぐできて、迷わず治療に進んでいけるフリ。
「フリ」が自分をかたちづくり強くしていく面もあります。
でもそればかりでは疲れるし、ときに力が出なくなります。

理解してくれているかも、確認をするべきです。

だから、患者も変わらないといけない。

自分の命はある程度自分で責任を持たなくてはいけない。

この方は、エッセイストの岸本葉子さんで、がんサバイバーでもあり、ご自身のがん闘病についても、たくさんの執筆活動を行っておられます。

彼女は、こんなことを言っておられます。

人間は、がんを抱えると、いろんな〝フリ〟をしてしまうと。

たとえば、自分が選択した治療が

良かったようなフリをしている。

医者に嫌われたくないから、家族に嫌われたくないから、いろんなフリをしている。そのフリをすることによって、自分が元気でいられる可能性もある。

一方、そのフリをすることによって、かなり疲れている面もある。

だから、医療者は患者のフリに気づかなければいけません。


ただ、逆から見れば、医療者も知っているフリや、わかっているフリをして患者さんと対応しているわけです。それが本意でない、結構無理をして対応している、という部分もあります。

だから、患者と医療者、お互いが無理をしているのです。

ただ、知ったかブリ、それだけというのはダメなのですが、患者さんの気持ちを考えて、自分は経験したことがないけれど、いろんなことから考えてこうだよというフリは、どの医療者もしていると思います。いろいろな「フリ」をする患者と、知っている「フリ」をする医療者が上手く作用しているうちはいいですが、どうしてもズレが生じてしまうのです。

患者は見かけ以上に強がっている。
辛く、我慢をしているかもしれない！
（医療者が強いている？）

医療者も実は
「知っているフリ」「わかっているフリ」を
しているに過ぎない！

いろいろな「フリ」をする患者
×
知っている「フリ」をする医療者
＝
いろいろな“ズレ”

“ズレ”を少しでも減らすために！
医療者は単に病気のみを診るのではなく、
患者・家族の生活・人となりを知る！
⬆
Dialogue/Communication/Conversation
⬇
患者・家族も“お任せ”ではなく、
いろいろなことを学び、
ある程度自立していく必要がある

まず医療者が対話の場を
（院外に）作ることが重要

医療者というのは単に病気を診るだけではなく、患者さんそれぞれの生活やパーソナリティにまで踏み込まないと、「フリ」というのは見て取れません。

逆に患者さんも、医師にお任せではなく、いろいろなことを学んで、ある程度自立していく必要があります。そのためには、患者さん同士、家族同士、経験者同士がコミュニケーションを取れる場所を作らないといけないのかなと思っています。病院のなかにそうした場所を作るのは、無理があるのです。病院では、そういう場所を患者さん主体で作ればいいじゃないか、と思うかもしれませんが、それは難しいのです。病気を抱えると、医療者と患者・家族とでは傾斜ができるので、まずは医療者側が場を提供してあげるべきだと僕は考えています。しかし、病院のなかではいろんなハードルができてしまうので、できれば院外に作らなければいけないのかなと。

僕は、自分ががんになる前から、そんなことを漠然と考えていました。求め続けると出会えるもので、僕は、〈マギーズ・キャンサー・ケアリング・センター〉という存在を知りました。

マギーズ、これは、患者さんとか家族や友人が孤独で不安なときに、安心して訪ねられて、癒される空間であり、かつ専門家がいて、さまざまな悩みにアドバイスがもらえる場所。ひとりで行ってもいいのです。ただ、病院ではないので、治療をするわけではありません。そういう場所です。「安息の場」という言葉を借りて使ったりしています。がん患者が、再び自分を取り戻すための空間づくり、再び自分で歩み出せるような、新しい相談支援の形と言ってもいいでしょう。

我が国では、秋山正子さんや鈴木美穂さんが中心となって、二〇一六年一〇月に、〈マギーズ東京 http://maggiestokyo.org/〉が立ち上がります。

僕が求めていたのはこれだ！　と思いました。

同じことが、金沢でもできないかなと模索し始め、今、この考えに賛同してくれる金沢の仲間達と活動をしています。僕と同じようなことを思われて、日本各地で活動されている方もきっと多いと思います。

がんを患っても、その人らしく生きることができる場。

Maggie's

People with cancer need places like these

患者や家族、その友人が、孤独で戸惑い不安なとき
・安心して訪ねられる、明るく癒される空間
・自分の戸惑いや疑問をよく聴いてもらえる
・医療的知識のある友人のような支えがある
・一緒に考えて、病気に向き合う力を取り戻してくれる
・再び自分で歩み出せるような新しい相談支援の形

がんに関わるすべての人達の出会いの場。

とりあえず、金沢で〈一日マギーの日〉というのを、やってみることにしました。しかし、金沢で突然「マギー」と言っても、皆さん、なんのことかわからなくて、その説明にかなりの時間を取られてしまったのも事実です。

しかし、今度、東京に〈マギーズ東京〉ができることで、この言葉が全国に浸透してくれるはずだと願っています。

小さくてもいいから、地域にマギ

ーの役割を果たす場所を作りたい。

自分ひとりでできることには限りがありますが、仲間と繋がることで無限大に広がるはずです。

自分が病気になる前から、こういう場所が必要じゃないかなと思っていたのですけれど、自分ががん患者となり、こういうところを利用する立場になってみると、さらなる必要性を実感しています。金沢に、マギーのような場所を作りたい。これから、腹を括ってやっていくつもりです。

目次

一周年記念日

二〇一六年三月二六日は、胃がんが見つかり、治療を始めてちょうど一年になる日でした。今年は暖冬とはいえ、春が近づいたのかと思うとまた気温が下がり、まだ冬の名残か、というように気温の変化が激しく、療養する身にはかなりの注意を要した冬だった気がします。ただ、二日ほど前からは気温も上がり、やっと春になったと実感できるようになりました。

何も治療をしなければ――余命半年の胃がんが見つかって、治療を開始した一年前、このように原稿を書いている一年後の自分はまったく予想できませんでした。

発症した三月二六日の、ほぼ半年後の九月二九日が誕生日だったことから、妻が「まずは今年の誕生日がひとつの目標やね」と言ったのを昨日のことのように思い出します。

その第一目標地点を無事過ぎてから、なんとなく身体の調子に余裕が出てきた感じがあり、徐々に院内ミーティングに参加したり、出張や講演などの社会活動を再開したりしました。

一周年記念の前夜、いつも通り夜食を摂ったあと、うとうとと眠りにつき、窓の外がまだ暗い早朝四時に目が覚めました。

ベッドから上半身だけ起こし、手元のｉＰａｄでニュースを見たり、メールのチェックをしたりしていると、白々と外が明るくなり、なんとなく胸が高鳴るなか、二六日の朝が来たことを実感してきました。


がん患者になってから一年が経ったのです。


一年前にがん告知を受けた時点で、もしくはその半年後である昨年の誕生日に、今の状況を想定できたかと問われると、「いい意味で予想外だった」と答えざるを得ません。

「少しでもいい状態で、少しでも長生きさせてください」と祈り続けた一年でもありました。その甲斐もあったのか、正直な気持ちを言えば、今日の日を無事にというか、思ったよりも良好な状態で迎えることができました。

この感謝の気持ちを、皆さんにどう伝えようか夫婦で考えていたところ、〈がんとむきあう会〉のメンバーが、僕が呼びたい人に声をかけて皆で祝おうと提案してくれました。

お祝いの会場は、同会の事務局である食の教室〈くでん〉です。午前中に定例のおやきのワークショップを行い、そのおやきと玄米スープ、そして僕らからのシュークリームと、ちょっとしたお持ち帰り用のお菓子などを準備して、皆さんが集まるのを待ちました。午後二時からのつもりが一時過ぎから人が増え、最後にはお世話になった四〇人もの方々が集まってくださいました。雑談から始まり、半ばには金沢赤十字病院のがん患者会〈クロスピンク〉が中心となったウクレレ部の有志が、『みんながみんな英雄』『365日の紙飛行機』などの演奏を披露してくれ、歌詞を見ながら僕は目頭が熱くなるのを禁じ得ませんでした。

その演奏のあとはお礼の挨拶です。

「皆さん……」と出だしは覚えていますが、途中から不覚にも涙が止まらなくなり、今となっては、何を言ったかほとんど覚えていません。ただ最後には、

「次の目標は今年の誕生日です。そして一年後に、また皆さんと元気にお会いできるように頑張ります」

というようなことを誓った気がします。

その後、また歓談していたところに、ひとりの中年男性が「西村君、誰だかわかる？」と近づいてきました。そういえばなんとなく見覚えがある気がして、患者さんだったか、

それともそのご家族か、などいろいろ記憶を辿っていると「田中だよ、田中巧、久しぶりやね」と言われ、やっと思い出したのです。それは幼なじみの田中君でした。母親同士も仲が良かったこともあり、物心ついた頃からの友人ですが、中学校以来、四十数年ぶりの再会です。久しぶりにいろいろ話が弾みました。でもよく考えると、この日のことがなぜ彼に伝わったのか……これは、この日最大のサプライズの伏線でした。

宴の終わりが近くなった頃、窓の外から「げんちゃ～ん、げんちゃ～ん」と僕を呼ぶ声がしました。

窓の下を見やると、三〇人あまりの中年の男女がこちらを見上げています。よーく顔を見ると、なんと中学校と高校の同級生の面々。慌てて外へ駆け出しました。なんという懐かしさ！　感激がこみ上げてきて、不覚にも再び涙してしまいました。

〈がんとむきあう会〉のメンバーであり、中学高校の同級生でもある崎川さんがサプライズとして企画してくれたようで、このためだけに遠くから駆けつけてくれた人もいました。中学卒業から四五年、高校卒業からは四二年、もう数年で還暦を迎える、いいおばさんとおじさんの集まりでしたが、昔の話をしていると、あの頃が昨日のことのように思われました。

短い時間でしたが、心も身体も少年少女に戻ったような気がしたから不思議です。その前に急に目の前に現れ、電車の都合でもう帰ってしまった田中君は、単にフライングをしたことがわかり、疑問は解決しました。

サプライズは続きました。同級生の全員から、金沢マギーズ基金への寄付として、一冊の通帳が手渡されました。このときは本当に涙が止まらなくなりました。皆の思いが詰まった通帳はずっしりと重く感じられ、勇気を百倍もらった気がして、逆にその期待を裏切れないという緊張感が生まれたと言っても過言ではありません。

ありふれた一日には違いませんが、自分と妻にとっては一生の思い出に残るであろう、貴重な、貴重な一日となりました。

その夜、この一年のことが、ありありと僕の脳裏に浮かんできました。そして、ペンを執ることにしました。

この本は、現役の外科医だった僕が、がん患者になってから何を考え、どう行動し、どんな死生観を得たかを綴った記録です。

外科
西村 元一
NISHIMURA GENICHI

突然の下血

二〇一六年三月二六日。その日は、北海道新幹線開業当日ということで、朝からテレビでは、いろいろな街で開通を祝う中継が賑やかに行われていました。

ほぼ一年前の二〇一五年三月一四日には、北陸新幹線が開通しました。この日、僕は、神奈川県医師会の地域連携研修会に呼ばれて「はくたか558号」で東京に向かいました。もともとは、入手が難しかったプラチナチケットの「かがやき」を予定していましたが、せっかくなのでちょっと贅沢なグランクラスに乗ろうと考え、それならば少しでも長く乗車して、一本でも多くの飲み物を飲んで元を取ろうという、せこい目的もありました。飲み物は結局一杯だけしか飲めませんでしたが、真新しい車両の乗り心地はすこぶる快適で、気分も晴れやかに横浜に到着。神奈川県医師会館での研修会講師を務めました。

一泊してゆっくりとしたいところでしたが、年度末のせわしなさもあり、日帰りで金沢に戻りました。帰路は、「かがやき」で戻ることにしました。鉄道オタクゆえの律儀なところがあり、帰りはグリーン席を選択しました。そして翌日に用事を済ませたあと、民営化されたＩＲいしかわ鉄道で高岡まで行き、新高岡から「つるぎ」の普通席で金沢に戻りました。またすぐ、三月二〇日に東京で用事があったので、行きは「かがやき」を利用して、帰りはあえて長野まで「あさま」に乗り、長野から「かがやき」で金沢に戻って来るという、つまり一週間で北陸新幹線を走る四種類の列車、並びに三等級の座席を網羅できたことに、ひとり悦に入っていました。このように、僕には何かをやるなら徹底的にやりたい、という気質があるようです。昔から切手やレコードなどの収集も好きで、その時々にのめり込んでいました。その半面、どこかのタイミングでプツリと飽きてしまったり、興味をなくしたりすることもしばしばです。天邪鬼《あまのじゃく》的なところがあるのでしょうか。人が皆やっていること、流行していることにはあまり興味をそそられず、人がまだ手をつけていない分野に興味が湧いてしまうのです。

たとえば、もはや日本人の熱は下がりきったような気がしますが、韓流ドラマは昔から大好きで、今も時々観ています。ヨン様ブームが起きる遥か以前から『秋の童話』というドラマにはまり、その次に製作され、当時はそれほど話題にならなかった『冬のソナタ』を観て夢中になり、韓国で学会があった際には、ロケ地の南怡島《ナミソム》（その数年後には日本人が大挙して押しかけた）まで足を伸ばしました。まだヨン様ブームの前でしたから、日本人観光客は見当たらず、韓国人もしくは中華圏の旅行者ばかりで、案内所にも日本語のガイドブックは置いてありませんでした。このように、あとで皆が関心を持つ、もしくはブームになりそうなことを見極める能力は結構ある方だと自負しています。それは娯楽や趣味の領域だけではなく、仕事の面でも、結構鼻がきく医者ではなかろうか、と自己分析していました。

話を元に戻しましょう。

二〇一五年三月二六日は、朝から外来診療の日で、僕は消化器病センターの第三診察室で数人の患者さんを診察していました。なんとなく気分は不快でした。前日は夕方に名古屋から講師を招いて、医療コーディネーターの研修会を開催していました。当院の患者会の代表と妻が、その講師の教え子ということで、研修会後に三人は食事に行ってしまったため、夕食は病院の向かいの蕎麦屋でひとり、ざる蕎麦を食べて済ませました。

「昨夜の蕎麦のあとに、何か変なものを食べてなかったろうか……」と自問自答しつつ、いつもと変わらずに診療を続けていました。しかし気分はさらに悪くなり、便意も催してきました。次の患者さんを待たせてトイレに向かいました。

便座に座るや否や、酒の酔いが酷いときの、気の遠くなるような感覚に陥り、とても立てるような状況ではなくなってしまいました。トイレの壁につかまり、やっとの思いでなんとか座った体勢を保持して用を足しました。

五分ほど経過したでしょうか、だんだんと血の気が戻るというか、身体が温かくなってくるような気がしたので、必死の力で立ち上がりました。

便器を覗いてみると、そこには、これぞタール便という色をした便が認められました。我が目を疑うような色でした。原因をじっくりと考えられるような身体状態ではなかったのですが、徐々に意識がはっきりとしてくるにつれ、「潰瘍ができたのか」と、自分の便をまじまじと観察することができました。

年が明けて、ここ一、二ヵ月は仕事で東奔西走しており、食生活も乱れに乱れていたことに思いが及びました。ちょうど前の週に受けた検診では、軽度の貧血が認められ、そろそろ胃内視鏡検査をしないといけないかなと思っていたところでした。

このときに、本当にがんの可能性を考えなかったのか……今となってはわかりませんが、少なくとも僕は、消化器がんを専門とする外科医です。がんに関しては、いつも頭の片隅にありました。一方で、自分は大丈夫だろう、まだ若いのだし、という変な自信もあったような気がします。結局はその根拠のない自信が、後悔してもしきれない事態に繋がってしまうのですが。

結局、トイレには何分いたのでしょうか。全身の力を振り絞るようにして、壁伝いに外来に戻り、看護師に声を掛けると、彼女は表情を一変させました。

「西村先生、白衣より顔が白い！　どうしたん？」

「……ダメやわ、休ませて」

「点滴してあげる。処置室で寝て待っとって。カメラをした方が良さそうやし……内科の先生を呼ぶ？」

「お願いします」

そのままフラつく足で、診察室には戻らず、処置室に向かい、ベッドに横たわりました。もう何も考えられませんでした。

点滴を受けてしばらくすると身体が温かくなり、血圧が上がってくるのを実感しました。血液検査をしたところ貧血が酷く、輸血の準備をしてから内視鏡室に車椅子で移送され、内視鏡検査となりました。

胃内視鏡は、この赤十字病院勤務となってから一度も受けていませんでしたから、つまり六年ぶりとなります。なぜ毎年受けなかったのだろうか、いつでも受けられたはずなのにと、今となっては後悔しかありません。

内視鏡室へ移動し、検査台に横たわり、内科の先生から「安定剤の注射をしますね」という声がしたと思ったあとは、記憶がありません。

意識が戻ったのは、病棟の回復室でした。

点滴のみならず、酸素マスク、心電図や尿道バルーンが自分の身体に入っていることに気がつきました。もうほとんどというか、何も覚えていませんが、後日聞いた話によると、内視鏡検査後に、車椅子で病棟に行き、ベッドに移動しようと車椅子から立ち上った瞬間、おそらく貧血と鎮静剤を使ったことによるものでしょう、ショック状態に陥り、意識を失って呼吸停止にまで至ったそうです。すぐに人工呼吸が開始され、暫くして自発呼吸が戻り、その後意識が戻ったそうです。

連絡を受けて駆けつけた妻は、死を意識したと言っていました。当の本人は、まったく知りもしませんでした。

がん告知

しばらくして目が覚めて、頭がすっきりしてきた頃に、外科の後輩が部屋に入ってきました。今回、僕の主治医になってくれたそうです。

「先生、簡単に説明をしてもいいですか」

彼はその後、一呼吸おき、僕の顔色を伺いながらこう続けました。

「胃の上部に腫瘍があって、たぶん悪性です」

床上安静《しょうじょうあんせい》で迎えた、これが人生初めての、がん告知ということになります。よく、頭が真っ白になったとか、目の前が真っ暗になったと告知を受けた人がお話していますが、このときの僕には、なぜかなんの疑問も湧かず、心のどこかで「やっぱり」という声がするほどに、素直にがんを受け入れた気がします。まだ頭のなかが少し、ぼーっとしていたせいもあったでしょう。「あ、がんなのか」。その程度の思いしかありませんでした。

さらに後輩主治医は続けました。

「少しでも早く検査をした方がいいと思うので、夕方にCTを入れますね」。僕は、「よろしく」とだけ伝えました。

夕方、CT検査が終わってから回復室に戻り、しばらくすると主治医が再び現れました。いつもの彼より、よそよそしさが漂っていました。

「肝臓に怪しいところがあるので、明日、造影検査を予定しました」

僕自身も経験がありますが、先輩医師の担当医になることほど嫌なことはありません。ましてや今回のように、昨日まで一緒に仕事をしていた先輩へのがんの告知、そしてもしかしたら――根治不能という説明までしなければならない。普通の患者さんに対してもがん告知には気を遣うのに、ましてや先輩医師に対しては、どれほどの気を遣わないといけないか。

病室のドアを出て行く彼の背中を見送りながら、その気持ちがよくわかるだけに、一応は良い患者を取り繕うことに決めました。

過去に入院したことは、急性肝炎で三回くらいありました。しかし、がんでの入院はこれがもちろん初めてです。

血圧が戻り、身体がすっきりしてきたといっても、怠さが取れません。モニターの音がリズミカルに響く病室で寝ていること自体は苦痛ではありませんでした。と言うよりも、起き上がる気力は、少しも残っていなかったのです。ただ、ちょっと身体を動かした際、尿道バルーンの先端が膀胱の内壁に触れるときの、なんとも言えない違和感に時折我慢ができなくなり、腰をもぞもぞと動かしてしまいました。周りから見ると、さぞかし滑稽で不思議な姿に見えたことでしょう。

初めてのがん告知を受けた夜だというのに、もぞもぞ腰を動かすのみ。悲劇の主人公に酔う余裕もないまま、いつの間にか眠りについたようで、気がついたら、病室で朝を迎えていました。

僕は今日から、勤め先のこの病院で、患者となったのです。

CT撮影を朝一番の飛び込みで終え、部屋で待っていると主治医、他の外科スタッフ並びに放射線科医が神妙な顔を揃えて現れました。

「CTの画像を見ると、おそらく、がんと、転移したリンパ節が左胃動脈の分枝に浸潤しています。昨日のショック状態は潰瘍底から出血したものと思われます。今は血が止まっていますが、いつ再出血するかわかりません。血管造影をして動脈を塞栓した方がいいと思います」

「お任せします」と答えました。続けて、「手技やリスクを考えるとここよりも大学病院の方がいいと思うので、お願いするということでいいですか?」「お任せします」とのやり取りの結果、大学病院へ転院することになりました。

転院は、救急車に乗って行くことになります。今まで患者を搬送するために同乗したことはありますが、まさか自分が搬送される側になるとは、二十四時間前の僕には想像のつかなかったことです。実際に患者として横たわると、クッションは悪く、車の動きがダイレクトに体に伝わり、乗り心地が良いとは言い難い代物でした。

怒涛の二十四時間が過ぎました。初体験尽くしの一日が、ようやく終わろうとしていました。がん、それも根治不能とも言うべき病状。

昨日まで漫然と考えていた将来像が崩れ去っていきます。

五七歳となり、臨床以外にも社会的な役割が高まり、あと十年ほどの現役の間に、自分のスキルをどのように高めようかと考えたり、プライベートでは、子どもも巣立っていったので、今後は夫婦二人で何かを始めたいなどと考えたり。現役を引退する頃には、おそらく子ども達は結婚し、孫ができ、家族も増え、そして老後は……と、この先に人生の道がまだまだ続くことに、なんの疑問も持っていませんでした、この日まで。

僕が医者になった理由

自分は、いつ医者になろうと思ったのか──。

父は、金沢の中心部にある鮮魚店の息子として生まれました。東大を出たあとは、土木系の公務員畑に進んだので、特に医療とは関係ありません。母も同じく金沢の中心部、香林坊にあった小物を扱っていたお店の長女として生まれ、これまた医療とは関係のない家です。

僕が生まれた家は、現在、金沢21世紀美術館がある場所の近くに建っていました。金沢大学教育学部附属幼稚園及び附属小中学校の目と鼻の先にあったこともあり、幼稚園からそこに通っていました。当時の附属の学校には、選抜されているという点で少々のエリート意識があるとともに、通常の公立の小中学校のように、住んでいる地域で通学範囲が決まっているわけではなかったので、地域との繋がりが自ずと希薄となり、そのために在校生の結束が強まるという、良いのか悪いのかわからない仲間意識が存在していました。

幼稚園から高校までずっと金沢大学の附属に通うことを、地元では「純金」と呼び、周囲から見ると若干特殊かつ、ある意味、純粋培養的な人種だったようです。

僕の場合は、父親の仕事の関係で小学校三年生の夏から新潟市に転校、その後、六年生の春に金沢に戻って市立の新竪町《しんたてまち》小学校に編入、翌年の中学校受験で金沢大学附属中学校に戻り、その後、附属高校を経て金沢大学に進んだということで、「純金」に近い「準純金」でした。

高校生になると、漠然とですが、都市工学というか都市作りに興味があったので工学部系に進みたいと思い、理系を選択しました。昔からSF小説が大好きで、H・G・ウェルズやアイザック・アシモフ、ジュール・ベルヌなどの本を読み漁っていました。テレビでは『サンダーバード』や『キャプテン・スカーレット』などの人形劇で表現されていた未来都市に憧れ、特に昔、NHKで『ひょっこりひょうたん島』のあとに放映されていた『空中都市008』という番組の未来都市がずっと脳裏に焼きついており、それが都市工学の選択に繋がったのかもしれません。

理系を選択したもうひとつの理由は、国語が嫌いで、試験の点数も悪かったのでやむを得ず、というところもあります。もし国語のセンスがあって試験の点数が良かったら、医師・西村元一は存在しなかったかもしれません。

当時、都市工学、都市建築というと国立では横浜国立大学、私立では早稲田大学が有名だったので、志望校はそのあたりにしようと考えて受験対策を練っていたところ、担任から「一期校はどこを受ける？」と質問を受けました。横浜国立大学は二期校だったので、当然どこかの一期校を受けるはずだからです。当時の一期校の選択としては東大（主に理Ｉ）か医学部という風潮でした。僕も、方向性を考えて東大受験をなんとなく考えていました。

ところが、高校三年のとき、心臓に持病がある祖母が、大学病院の循環器内科（今の第一内科）の入退院を繰り返すようになりました。最後は心不全で亡くなりましたが、その間にたびたび大学病院に出入りするようになり、その内、医者を目指すのも悪くないなという気持ちになっていきました。両親が大賛成してくれたこともあり、結局、医学部を受験することに決めました。将来に関して何も言わなかった両親でしたが、あとになって聞いたところ、担任の先生には、息子には医学部に行って欲しいと話していたようです。

医学部を受験するとなると、苦手な国語の配点が少ない大学で、かつ地元に近いということを大まかな条件としたところ、金沢大学がまず候補となり、もう一校が、金沢大学よりも合格予想点数が若干低い、お隣の富山医科薬科大学の二者択一ということになりました。担任の先生からは、「歴史のある大学の方がメリットが多いので金沢大学にしなさい。今から受験校を変えるのは勉強が間に合わないかもしれないが、浪人すればまず大丈夫」との指導があり、結局は金沢大学に受験票を出すことになりました。その年はラッキーなことに数学の課程が変更されたところからの設問が多く、即ち現役有利という傾向が如実に現れた結果、自分をはじめ、同級生十一人が合格し、浪人した附属高校の先輩の合格者はゼロでした。

両親の喜びは非常に大きく、もちろん、自分にとっても恩恵がありました。当然ながら自宅から通学するので、三食掃除洗濯はまったく心配なし。また、家庭教師など非常に効率の良いアルバイト収入を、ほぼ全額が小遣いとして使用可となるなど。しかしそれは、自炊などの家庭的なことが何もできない、生活能力の低い大人をひとり作ってしまったと言った方が良いのかもしれません。

四人の恩師

一九八三年に晴れて国家試験に合格し、医師となりました。

医師になるからには何かの領域が専門の「医局」というところに属することになります。僕は軟式テニス部に属し、それなりにエンジョイしていた半面、何を専門にするかはあまり真剣に考えずに大学生活を送っていました。そうしたなか、医学部六年生の後半になると、各医局から飲み会などのアプローチが始まります。ひとりでコツコツというより、皆でワッと何かをやり遂げる方が好きな性分だったため、漠然と外科系かなとは思っていました。

幾つかの医局の勧誘を受けたあと、「第二外科」という医局の説明会に行くことになりました。十人くらいの同級生が一緒に説明会を聞いたのですが、その後、医局長が「いろいろ考えてもわからんやろ？　もう、二外に決めて名前を書いて行かん？」と誘い、仲間の何人かが名前を書き始めたので、僕もなんとなくサインをしてしまいました。散々飲みに連れて行ってもらってから決めたという同級生も少なくないなかで、僕はなんとお茶一杯でその後の人生を決めてしまったということになります。

当時の第二外科というところは消化器を専門とする外科でした。消化器外科というと、今でこそ鏡視下手術がメインとなり、スマートな印象を受けますが、当時は体育会系そのもので（入局してしばらく経ってからわかりましたが）、全国的にも有名なほど、激しく厳しい医局であることも知りました。

月月火水木金金を地でいくような、夜中になっても明かりが煌々とついて活気に溢れた場所でした。当時は携帯電話などまだ存在せず、ポケットベルもその数年後のこと。即ち、医師にとって固定電話以外は病院と連絡をする術がないので、手術後の患者がいる場合、若手医師は病院に張りつくことになります。そうした背景も手伝って、当時の外科系特有のチームワークが、激しくも楽しい雰囲気を作り出していました。

医局生活ではたくさんの先輩医師にお世話になりましたが、特に、四人の恩師の影響を大きく受けました。

ひとり目の先生は、医局一年目の後半から二年目で、まだ何もできないときに出張した病院の佐々木誠先生。べらんめえ調ですが、たくさんの後輩から慕われていた、昔の赤ひげのような先生でした。後輩医師やスタッフに対して非常に厳しく、患者さんには本当に優しく接する先生でした。患者さんが亡くなったあと、死後の処置の際に「ごめんな。もっともっと長生きをしてもらいたかったのにできなくて、ごめんな」と言いながら患者さんの背中を拭いている姿を見たときの衝撃は今でも覚えています。

二人目の先生は米村豊先生。当時は新進気鋭の先生であり、怖いもの知らずで、臨床、並びに研究に突っ走っておられました。

米村先生からは、医師たるもの、他人の言うことを盲信するのではなく、自分で確かめて行動せよということ、そして、新しいことへのチャレンジの仕方を学びました。単に〝できない〟と言うのではなく、なぜできないのか理由を考え、さらにどうすればできるかを考え、できるまで粘るというやり方です。

それでも、まだ若輩者だったゆえ、できなかったことは少なくありませんが、そこに至る過程で、次に役立つ何かが得られる可能性があり、それが次のステップへの入り口になった経験も少なからずありました。同時に、研究の面白さも教えてもらい、三年目の若輩医師でありながら、さまざまなメジャーな学会などで発表の機会を得ることができたのも、現在のポジションにいられるのも、米村先生との出会いがあったからこそだと思っています。

金沢市に生まれて五八年あまりの人生の内、五五年以上を金沢で過ごしてきた僕です。医師になって三三年の内でも、一年間を除いてはずっと金沢市内で勤務している稀有な経歴の持ち主ですが、その金沢以外で勤務したのが、富山県立中央病院でした。

その病院の当時の外科部長だった辻政彦先生が三人目の恩師です。

辻先生は、今まで出会った数多くの外科医のなかでも、最高の技術を持った先生で、おそらく当時の我が国で、五本の指に入る先生だったと思います。

辻先生に手術をしてもらいたいと、北陸に限らず遠方からも患者さんが来られていました。他で手術を断られ、最後の砦として来られた患者さんも少なくありませんでした。今の時代であれば決して手術に踏み切らないような患者さんに対しても、よほどのことがない限りは手術をされました。すべての患者さんに、期待通りの結果が得られたわけではありませんが、医療者が、患者さんや家族に真摯に向き合うとはどういうことなのか、その重要性を学ぶとともに、そのためには自分自身の外科医としての技術を磨き、究極の局面をいろいろと経験していくしかないのだと、経験主義を学ぶことができました。

そして四人目の恩師は、今年（二〇一六年）福井大学を退官された山口明夫先生です。この先生こそ、自分自身がお手本にしたいけれど、どうしても追いつけない御方です。その人間性を含めて、理想の外科医の姿と言っても過言ではありません。

僕のいた第二外科では、医師五年目に、学位を取るための研究が始まります。その研究の指導教官が、山口先生でした。内容は大腸がんの基礎的な研究で、今の自分自身があるのも、当時の故・宮崎逸夫教授が研究の指導教官に山口先生をつけられたというご縁からの賜物です。

山口先生は、真似しようと思ってもとても無理なほど臨床に、そして研究に対してスマートな先生でした。ただ、気が短いところが玉に瑕、こちらがモタモタしていると、「難しそうやし……僕がやっとくね！」と、サッと仕事を片づけてしまうような、せっかちな先生でしたが、その立ち居振る舞いも、悔しいほどスマートでした。

他に、山口先生に学んだのは、決して人の悪口は言わないということです。外科という、日常のすべてが真剣勝負に近いようなシビアな世界では、人の悪口を言って相手を貶めたり、ライバルを引きずり下ろしたりするようなやり取りが多々あります。

しかし、天に向かって唾を吐けば、自分の顔に降りかかってくる――そのことを、山口先生から学んだのです。先生の言葉を戒めとして、今まで医者をやってきたと言っても過言ではありません。

その他にも、今まで臨床に研究にと、数多くの先生方から多くのことを学びました。自分自身の力量のなさゆえ、そのすべてを後輩の先生方に未だ伝えきれていないのが残念です。今後も少しずつになるかと思いますが、ぜひとも何かを残していければと思っています。そしてこの本も、その役に立てばいいと考えて書いています。

妻のこと

結婚したのは、医師四年目の秋でした。

その前の年、一年間の出張から大学病院に戻り、花見の宴会を楽しんだあとで、帰る方向が同じだったことから、看護師さんと一緒にタクシーに乗りました。車中で、美味しいもの好きということで意気投合し、今度、美味しいものを食べに行こうと約束したことから、つき合い出したのが妻の詠子です。当時はまだ携帯電話はなく、ポケットベルの時代だったので、デートのときは、絶えずどこに公衆電話があるかを確認していたのを思い出します。いつでも病院に連絡ができるようにです。

医局の制度として四年目は、また一年間、関連病院へ出張することになっていました。今度の出張先は第二外科のなかでも最も忙しい病院であることがわかり、遠距離恋愛は難しいということは容易に判断できたので、二人で話し合って、結婚しようと決めました。

その後、両方の親、特に自分の親を説得するのに時間を要しましたが、結局は認めてくれたことに関しては、感謝しかありません。

彼女はその年度末に看護師の仕事を辞めて、花嫁修業に入りましたが、同じ病棟の上司の方から「泥棒め！」と笑いながら祝福されたのは、彼女が看護師として、どれほど評価されていたかの表れだと思います。

四年目の出張病院は聞きしに勝る忙しい病院で、結婚までの半年は、彼女が時々富山に来てくれる以外は、デートらしいデートもできず、結婚の準備に関してもすべてを任せきりにしてしまいました。

それでも無事に結婚式を挙げ、ハワイに新婚旅行に行きましたが、緊張感が一気に解けたためか、旅行中の僕は、ずっとぼーっとしていたようです。元来アルコールに弱く、ディナー中に寝てしまったり、毎晩部屋に帰ってもすぐに意識喪失状態で眠りに堕ちてしまったようで、せっかくの新婚旅行が散々だったわよ、と今でも妻に言われ続けています。

その後の新婚生活の間も同様で、朝、ご飯を食べて出勤し、夜、晩御飯を食べにちょっと帰って来て、食べ終わるとまた病院に戻るという日常でした。

早ければ深夜二時か三時に帰宅できますが、手術の日や重症の患者さんがいるときは、病院で寝泊まりする毎日でした。手術日は週に四日あり、ほぼ一年中、重症患者さんがいたことを考えると、新婚旅行と正月以外は、妻を放っておいて、ほぼ病院で寝泊まりしていたことになります。

その後、長女、長男が生まれましたが、いずれも出産のときには学会出張中だったため立ち会えず、電話をかけて、「無事にさっき産まれたよ！」と母親から報告を受けるという有り様です。

子育ては妻にほぼ任せっぱなしでした。長女は時折お風呂に入れましたが、長男は一回だけ。しかし、長男の方にはしっかりして欲しいという思いもあり、不在がちのくせに勉強や躾で結構厳しくあたってしまい、父子がギクシャクした時期もありました。そんなときも、妻が上手くフォローしてくれたので、現在の我が家があると言っていいでしょう。

その子ども達も、無事社会人となりました。がんが見つかったとき、「息子が就職するのを見届けることができないかもしれない」と、一旦は覚悟をしました。しかし、治療と妻のおかげで、なんとか息子の社会人デビューを見守ることができました。

がんが見つかってから人生が一変しましたが、当然ながら家族、特に妻の人生も一変したはずです。両親を見送り、子ども達も自立し、今から第二の人生のためにやりたいことを考えていた矢先であり、僕自身も、これからは可能な限り、妻を一緒に学会に連れて行こうと思っていました。その手始めに、病気が発覚する前年、スペインの学会に一緒に行き、帰りにフィンランドでトランジット、そのときに夫婦揃って、なぜかムーミンにハマりました。あの旅行が、闘病生活の大きな原動力となったのも、なんだか因縁めいたものを感じます。

現在妻は、妻としての役割はもちろん、秘書、看護師、栄養士、調理師、運転手など、たくさんの役割を担って、二十四時間三百六十五日、僕をサポートしてくれています。術前に栄養剤が上手く口にできないときには、管理栄養士さんに相談しながら工夫してくれました。食事も、病院食ではなく、その時々の状況に合わせて作った手料理を、病院に持ち込んでくれました。特に手術後、ＩＣＵシンドロームになりそうなときや、精神的に辛いときに寄り添って、奔走し続けてくれました。そして現在は麻痺があるため、外出するときには必ず一緒に来てくれます。

今の自分がいられるのは、もちろん、集学的治療の効果もありますが、妻のサポートがあればこそ、です。その感謝の意は、少しでも良い状態で、一日でも長く僕が生きることで示したいと思っています。

息子からのメール

病院でのインフォームド・コンセントの際には、子どもが二人とも帰って来てくれました。先述のように、今まで父親らしいことはできておらず、たぶん友達の父親と比較して、なぜ自分の父親はいつも家にいなくて、遊んでくれたことも少なく、何処かに連れて行ってくれることも滅多にないのか、おかしいと思っていたかもしれません。お父さんは自分のことが嫌いなのではないかと思わせてしまっていたのかもしれません。きっと妻が「そんなことはない。仕事が忙しいだけだ」と庇ってくれていたのでしょう。

病気になったことで、今までとは違った親子関係ができたような気がします。ちょうど昨年（二〇一五年）から長女が東京で就職、長男も大学の最終学年を迎えることとなり、つまり子ども達が一歩大人になったタイミングと僕の発病が重なったこともあります。

インフォームド・コンセントのあとに、二人の子どもにメールをしました。

『今回は来てくれてありがとう。主治医からの話の内容は半分くらいしかわからなかったかもしれませんが、一緒に聞いてくれてありがとう。医者でありながら自分自身の変調にもっと早く気づかなかったことは本当に情けないところです。二人にも、これから迷惑をかけると思いますが、まずは自分達のことを考えて、仕事と就活に頑張ってください。お父さんもできる限り頑張ります。でもきっと、一番辛くなるのはお母さんです。時々はメールか電話をして、そして無理のない範囲で金沢にも顔を出してください。また四人で写真を撮りましょう！　それでは！』

翌日、息子からの返信がありました。

『主治医の話は確かにあんまりわからんかった（笑）！　父さんはこれから闘病生活で辛い思いをすると思うので、淋しくなったり、して欲しいこととかあったらいつでも遠慮せずに言ってね！　俺は要領よくやれるから大丈夫（笑）！　父さんは昔から働きまくってきたから、神様が気を遣って、そろそろ少し休んでもらおうと思ったんだよ、きっと！　ちょっとやそっとの病気じゃ、多分父さんが休まないの、わかってたんだろうね（笑）！　だから、これを機に少しゆっくりしてください。俺は医療に詳しくないけれども、少しでも可能性があるのであれば、成就できるよう家族一丸となって立ち向かいましょう！　当面の目標は家族四人で温泉旅行に行けるくらいに元気になることだね！　温泉行きたいし（笑）！　頑張って！　しか今は言えないけれども、父さんが頑張れるようにサポートしていきたいと考えているから、辛くなったらいつでも言ってね！　ファイト！』

子どもだ、子どもだと思っていた息子が、いつの間にか大人になっていたことを実感しました。

あとに残す家族三人のことが、何よりも心配でしたが、長男のこのメールの対応を見れば一安心という気持ちにもなり、つい目頭が熱くなりました。

ちなみに娘からはメールは届きませんでした。

妻によると、こんなメールをさらっと送れるのが息子で、いろいろ考えて、すぐには返信できないのが娘だとのこと。

二人の性格の違いが、メールの返信にも表れることを分析しているなんて、流石は母親です。案の定、十日ほど経ってから『また近々仕事の都合がつきそうなので金沢に帰ります。』と娘からメールが届いたときには、母親はすごい！　と感心したのは言うまでもありません。

いずれにせよ、がんと診断されてからしばらくは、自分のため、家族のため、そして周りの皆のために頑張らないといけないと、事あるごとに子ども達からのメールを見返しては、自分を鼓舞し続ける日々でした。

治療の前に断捨離を

緊急で入院してから一週間、治療開始時期も決まったので、次は断捨離の番でした。

僕は昔からものを集めることが好きで、一旦集めだすと、後先を考えずにしゃかりきに集めるタイプの子どもでした。

今思い出すと、一番最初は切手だったと思います。小学校のときに祖母から、祖父が集めていたのを譲り受けたのがきっかけだったと思います。使用前、消印つきの使用後のものなどいろいろありましたが、絵柄がきれいなものが多く、何故か惹かれて自分でも集めるようになりました。当初は切手であればなんでも集めていましたが、中学生になると未使用のもの、そして当時流行っていた国立公園シリーズ、お年玉年賀切手シリーズなどを集めるようになり、周りで収集している友人と競う感じにもなり、結構な小遣いを投資した覚えがあります。

ただ、その収集癖はなぜかある日忽然と消え去り、しばらくは机のなかに置いたままとなり、最終的には、切手を集め出した従兄弟にすべてあげてしまったのを思い出します。従兄弟は目を輝かせて喜んでいましたが、今から思うと、なぜあれをお金に換えなかったんだろうと、残念でなりません。

その次のコレクションは、子どもらしくプラモデルでした。

取り立てて手先が器用だったわけでもありませんが、父の影響もあったのか、軍用機や軍艦、そして戦車など戦争に関するものを片っ端から作っていたのを思い出します。父の出張のお土産にも、プラモデルをねだりました。部屋中がセメダイン臭くなり、かつ足の踏み場がないくらいに集めました。

しかしながらこれも、いつだったか忘れましたが、急に興味がなくなり、しばらくしてからすべて捨ててしまうか、近所の友達にあげてしまいました。

高校生になると今度は洋楽に懲り出しました。まだメジャーではないシンガーやグループのレコードを一生懸命に集め、その曲が流行ったり、グループが有名になったりすると、ひとりほくそ笑むという、ややこしい性格をした青年になっていました。今であれば、ネットですぐに情報を集めることができますが、当時はそんなに簡単ではなく、一生懸命にラジオを聴いて、そして近所のレコード屋に通っていたのを思い出します。これまた、結構なお金を使ったのは言うまでもありません。音楽に関しては、やめるということはなく、方向性は変わっても、今も尚、継続している趣味のひとつになっています。

趣味とは言えませんが、中学二年から三年にかけては、参考書をかき集めました。各教科一、二冊買って、少し使って、すぐにまた次の参考書を購入することの繰り返しで、つまり、買ったことで満足してしまうタイプだったのです。少し病的だったのかもしれません。

ただ、書籍の収集は今も同じように継続しており、医学書以外も結構購入してしまいますが、これもまた、買っただけで読んだ気になり満足してしまうのは、子ども時代からずっと変わっていない、悪い癖だと思います。こんな性格ですから、いろいろなものが我が家に溢れかえるように溜まっていったのはご想像の通りです。

今回、がんと告知されて、長年収集した物の残りを含めて、徹底的に捨てまくりました。今まで、絶対に捨てられないと思っていた物まで、捨てる気持ちになりました。

いつか必要になりそうだと思って集めた未使用の文房具、いつか読もうと思って積み重ねていた本、いつか役に立つだろうと思って取っておいた名刺の束や、パンフレットなど、昔から保管していた物から処分を開始しました。将来のために……と考えていた物、溜めていた物を、徹底的に断捨離したのです。妻は、一心不乱に捨てまくる僕の姿を黙って見守ってくれていたように思います。

ちょうど車検の時期ということもありましたが、当分は自分ひとりで車で出掛けることもなさそうなので、思いきって愛車も中古車センターに買い取ってもらいました。トヨタの初代ハリアーで、購入時は乗用車タイプのＳＵＶということでかなり斬新で、かつ羨ましがられた車で、十七年間大きな事故やトラブルもなく乗りました。本当にいい車だったと思います。今回、病気が見つかり、いろいろなことをリセットするなかで、自分自身が一番輝いていたかもしれない時代を共にした愛車を手放すことにも、躊躇はありませんでした。

しかし、はたして次に車を買うことがあるのだろうか？　そう思うと、ちょっと寂しい感じにもなりました。

さらに今まで長年出席し続けた各学会や、さまざまな公的な役職なども、できる限り辞退することにしました。

戻ろうと思えば、いつかは戻れるだろうし、ここは一旦、やめどきだと感じました。そして、いろいろな会員なども解約、退会をすることに、かなりの手間を要しましたが、思い残すことなく治療に専念できるように、物だけではなく、心身共に可能な限りの断捨離を進めました。

がん患者初体験の日々

この年齢になると、「人生初」というものになかなか出会えなくなるものですが、今回はいろいろと初体験をしています。胃がんという病気も初体験ですが、下血、尿道バルーンの留置、救急車、血管造影、塞栓術、輸血……そして今後も抗がん剤治療、そして手術と続くはずです。しかしどれひとつとってみても、楽しい初体験でないことは明らかです。しかしながら、こうなってしまった以上は初体験を積み重ね、人生の経験値を上げていこう、それを少しでも周囲に伝えて、誰かの役に立てるよう記録しておきたいと思います。

病に倒れた当初は、胃がんからの出血があったため絶食となりました。しばらくの間、末梢静脈からの二十四時間の持続点滴が続きました。当然ながら、かなり自由が制限されます。点滴のルートの長さを絶えず意識しながら生活をしなければいけないと学びます。一番都合が悪いのは、点滴が入っている方の手が、えらく使いにくいことです。利き腕なら利き腕、逆の腕なら逆の腕なりの不都合さが生じます。洗面、シャワー、洗髪、トイレ、食事など、生活上のあらゆるところで実感します。そして、入れ換えのときには束の間、点滴から解放され、シャワーを浴びたりして両腕の自由を満喫します。不自由さを経験することにより、〝普通に生活するということ〟が、いかに得難く、素晴らしいことであるかを人間は実感できるのだと思います。

胃からの出血が収まってきてから、経口摂取が少しずつ始まりました。身体にとっては、点滴よりも口から食べる方がいいのは当然です。昔であれば、重湯→三分粥→五分粥と、食事内容が次第に有形となり、同時にカロリー摂取量も上がっていくものでしたが、今は栄養剤という優れものがあります。液体、ゼリー状などの剤型、アミノ酸やカロリーなどの含有量により、選択肢は増えました。昨今は味もかなり改良されてきています。ただ、アミノ酸や魚油が多いものは、その味をマスクするためにどうしても甘くて濃い味にせざるを得ないようです。

僕の場合は、「エレンタール」という栄養剤を飲むことになりました。この栄養剤は古くからありますが、その不味さも有名です。一日二〜三包、毎日飲まなければならないとなると、フレーバーを変えようとも、とても耐えられる味ではありません。そこで、妻や管理栄養士さんを巻き込んで、工夫を試みました。冷やすと少しは飲みやすくなりました。

付属のフレーバーは甘過ぎたのですが、果実の絞り汁を試したところ、柑橘系、特にレモンとの相性が良いことがわかり、レモン果汁を加えるようにしました。さらに「水ではなく炭酸水で割ったら飲みやすくなるのでは？」という妻の一言から試してみると、思わず顔が緩みました。それでも匂いが受けつけられなかったので、ストローつきの介護用コップに入れ換えて一気に飲むようにしたら、続けて飲めるようになりました。それでも、ずっと継続するには飽きがきます。

　そこで次は栄養士さんにお願いしてゼリー状にしてもらいました。

黒蜜やマーマレードなど、自然の味に近いものを加えました。抗がん剤の副作用である味覚障害という状況も加わり、摂取するのに苦労したときもありました。ミントなど香りの強いものを上に浮かべ、一気に飲んだり口にしたりという方法も有用だったこともつけ加えておきます。

　最初の一ヵ月は、あまりにも突然の出来事で、かつベルトコンベアに乗ったかのごとく治療が続いたため、結構長く感じましたが、入院生活も二ヵ月目に入ると、治療も一回りして、時間の潰し方も変化してきました。最初は緊急入院だったので、テレビ鑑賞がメインでしたが、そのあとはお見舞いに持ってきてくれた漫画や数独、そして読書……以前から好きだった西村京太郎の推理小説や旅行記、戦記ものを読むようになりました。

その後、ノートパソコンを持ち込んで、日中の午後はＰＣ操作。外泊できるようになってからはＤＶＤ観賞。懐かしの若大将シリーズや韓国ドラマで結構時間を潰せました。入院中は午後九時に就眠、朝四～五時起床ということで、五時半頃からワイドショーやニュースをずっと見続けることもありました。こんなにテレビを見たのは人生で初めてです。基本的にはニュース番組は同じことの繰り返しで、その間にミニコーナーを作り視聴者を引きつけておくことも知りました。同じように、「そうなんだ」「こんな仕掛けになっているんだ！」と小さな発見をいくつか見つけ、当初の入院生活は結構楽しめました。

そんなことをしているうちに二ヵ月が経過、次の治療をどうするかの分岐点が近づいてきました。

選んだ治療法の効果がなければ死が待っており、効果があれば、次のステップへと繋がる可能性があります。いずれにせよ、今後は初体験でありながら、多くの決断を迫られる日々が続くはずです。

初めて知る、抗がん剤の副作用

ここで、抗がん剤の副作用について書いておきます。

インフォームド・コンセントで、「何もしなければ予後は半年あまり」と聞いて、ある程度予想はしていたものの、そして自業自得とは言え、やはりショックでした。

でも、やるしかない。過去を振り返らず、仕事で置いてけぼりになることに対しても焦らずに、皆からの応援をもらって、前だけを見よう。「頑張ります」と心のなかで宣言をして、抗がん剤治療の日を待ちました。

抗がん剤治療には当然、副作用が伴います。僕は今まで、数多くの患者さんに抗がん剤治療を行い、同時に副作用対策も行ってきたつもりです。

ただそれはあくまでも、エビデンスに基づいたり、教科書的なものであったり、もしくは今までやってきた経験に基づいたものでした。そうした自分のやり方を、正しいと信じて疑ったことはありません。自分が今回、がんにならなければ、多くの患者さんに対してなんの疑問も持たずに、当たり前のように抗がん剤治療を続けていたと思います。

自分が抗がん剤治療を受ける立場となったことは、ある意味、自分の治療のやり方を検証する機会にもなりました。

そして抗がん剤開始の二日前。まず主治医から治療内容を聞き、その後、看護師と薬剤師から副作用及びその一般的な対策について聞きました。

僕は、何もかもを〝知り過ぎている〟特殊な患者なので、皆さんやりにくかっただろうと思います。それから自分としても、いつ頃から味覚障害、脱毛、神経障害、骨髄抑制などの副作用が現れそうかをシミュレーションしつつ、今、できる対策をとにかくやろうと思いつき、開始前に脱毛に備えて床屋に行きました。女性と異なり、男性は脱毛にこだわる人は少ない（元々少ない方もおられるので……）と言う先生もいますが、髪の毛の多少に関わらず、気にする男性も少なくありません。

また、外見だけではなく、脱けた髪の毛の処理も考えておくべきだと考えます。初めはさっぱりと坊主頭にと思いましたが、床屋の店主から聞いたところ、五ミリ刈りのように短過ぎると、かえって処理が面倒になるからと、思ったよりも長めになりました。その後、歯科に行き口腔と歯のチェックを行いました。抗がん剤の副作用には、口内炎など口の粘膜の障害が起こりやすいので、口のなかの衛生は心掛けないといけません。

そして、抗がん剤治療が始まりました。

まず自覚症状として出てきた症状は四、五日目から現れてきた食思不振《しょくしふしん》と味覚障害でした。味覚障害というと、すべての味覚が落ちるような気がしていましたが、実際は違いました。面喰らったのは、甘味の閾値《いきち》の低下です。口のなかが絶えず甘く苦いような感じがして、ちょっと甘いものを食べるだけで、ものすごく甘ったるく感じてしまい、とても受けつけられません。

特に、人工甘味料がきつく感じました。どうしても甘いものを食べないといけないときには、片手にじゃがりこか、ビーバー（北陸限定で販売している揚げたあられのお菓子）を準備し、すぐに口に入れたのを思い出します。

そして意外なほど困ったのは、抗がん剤として処方される口腔内崩壊錠（ＯＤ錠）です。口腔内崩壊錠は、飲みにくい錠剤を、口のなかでラムネのように溶けて吸収しやすくなるように開発された、水がなくても唾液だけで服用できるというコンセプトの薬です。溶け出すと甘くなるのが特徴です。医者としてこの薬を患者さんに処方しているときには、非常に有用だと思っていましたが、自分が患者になってみて、自分と同じように有難迷惑な薬だと思っている人がいることを知りました。飲みづらいのです。結局、いかに口のなかで溶かさずに、一気に喉の奥に押しやろうかと頑張るしかありませんでした。時々失敗して、喉の奥に止まり、辛い思いをしたことも少なくありません。

オキノーム（麻薬性鎮痛薬）も同様です。こちらはさらに細粒ということで、一見、飲みやすい工夫だと思いますが、もし副作用で甘味の閾値が下がっているとしたら、有難迷惑な工夫だと思います。さらにオキノームの細粒に関しては、その細かさから考えて、一〇〇パーセント飲めているかも疑問です。となると、薬効はどの程度落ちるのか？　こうした懸念は、がん患者にならなければ、考えもしなかったことでした。薬効が薬効だけに、重要な問題だと思います。

薬剤にもいろいろな工夫が日進月歩でなされていますが、それが本当に当該者にとって有用であるかどうかを確認することも、医療者の仕事としてとても重要だと思います。

味覚障害にはスープを

甘味の閾値が低下しているときに一番美味しく食べられたのは、柑橘系の果物でした。ただ、服薬内容的にグレープフルーツは禁食であり、時期的に金沢ではいいものがなかったので、各地の知り合いにお願い（おねだり）し、おかげさまで日本全国の柑橘系の果物が食べられました。

味覚障害と一言で言っても、一様ではないことも体験して初めてわかりました。甘味の閾値の低下の次は、味覚全体が低下しました。先日まで美味しかったものが、段々と味がしなくなり、最後には歯応えだけが残る感じで、口に入れて噛んでも味がしないのです。気持ち悪くさえなりました。そういえば、以前ある患者さんから「美味しかったもんが、不味くなり食べられんようになるってこと、先生にはわからんやろう？」と言われたことを思い出しました。

こういうことだったのか……自分で経験してみて、よくわかりました。

もうひとつ、味覚障害で困ったのは、水やお茶が不味くて不味くて、飲みたくなくなったことです。どういうふうに不味いかを言い表すのは難しいですが、おそらく、長年飲んでいる水やお茶の頭のなかでの味覚のイメージと、実際の味とがまったく違うことによりそう感じてしまうのだと思います。特にお茶類は大好きだったので、あらゆるお茶を楽しみながら飲んでいましたが、味覚が低下するとともに、欲しなくなったのです。

　薬の内服のために、少量の水は我慢しましたが、水分補給に関しては何か手だてを考えないといけなくなり、以前に飲んだことがあった、料理家の辰巳《たつみ》芳子《よしこ》さんの「いのちのスープ」、すなわち玄米スープ（炒り玄米のスープに昆布と梅干を煮出したもの）を試しました。辰巳さんが、もともと、病床についた父親のために工夫を重ねたレシピで、がん患者の間では、よく知られたものだそうです。確かにこれは、美味しく飲むことができました。それでは、玄米スープを水分補給に飲もうと妻と相談しましたが、多量に必要となる炒り玄米をどう確保するかという問題がありました。

　少量であれば問題ありませんが、日常の水分補給に用いるために大量生産を妻に頼むのはほぼ無理です。でもどうにかしたいと仲間に相談したところ、以前から懇意にさせていただいている製茶場の方に、玄米を炒っていただけることになりました。そのおかげで、多いときには一五〇〇㎖、少ない日にも五〇〇㎖程度の玄米スープを中心とした水分補給が続けられるようになり、これは精神的にも肉体的にも良い影響を与えてくれました。抗がん剤治療を行うと、当然ながら副作用で食欲が低下するので、栄養補給をしっかりと考える必要があります。

数週単位で味覚の状態が変化し、さらに治療のタイミングと副作用の症状が上手くリンクしないこともあるため、料理の工夫も一筋縄ではいきません。

そのようななかで、味つけを濃くしたり、甘味や塩辛さだけを濃くしてくれたり、消化しやすさを考えたりと、妻がその時々の僕の調子を聞き取りながら、加えて胃の全摘後に酷く悩まされているダンピング症状（胃を全摘した人が、胃で溜め込むことができなくなった食べ物が急に小腸へと流れ込むことで起こるさまざまな不調）も考慮してくれたことには感謝しかありません。

ポタージュスープやシチューなどを中心とした料理を、苦心して作ってくれました。おそらく、病院食を若干アレンジしただけの小手先の調整では、現在のような体調に戻るのにもっと時間を要したのではないかと思います。

抗がん剤治療を開始して約二週間が経ち、二回目の投薬が始まりました。

二回目の治療となると、なんとなく経過が予想できる……と思いきや、二回目となると、さらなる食欲低下が起き、口のなかが絶えず甘いような苦いような変な感じがする症状も、強く出ました。

ようやくその対処法を見つけて、食事のスタイルが確保でき始めた矢先に、今度は脱毛が始まりました。軽く髪をすくだけでパラリパラリ、昨日より今日の方がバッサリと、抜けていきました。

しかしこれも、予想通り、教科書通りの副作用ではあります。ただ、ともかく初体験なもので「脱毛とはこんなものなのか」という驚きもありました。

朝起きると、枕元を中心に自分の抜けた髪の毛がパラパラと散在しているので、それを綺麗にすることが朝一番の日課となると同時に、その量は、脱毛の状態を知るのに有用なバロメーターとなりました。

抗がん剤のパンフレットによると、頭髪から始まりその後、眉毛、睫毛や他の体毛が抜けると書いてありましたが、僕の場合、今回の治療では、脱毛は頭髪のみで終わりました。入浴中に軽くすいただけでバッサリと抜け、湯船のなかに頭髪を浮かべながら入るような状態でした。

一憂一喜の心を持つ

二〇一五年五月の連休明けから、治療の次の段階（抗がん剤治療＋免疫療法）の予定でしたが、前回の治療による骨髄抑制（抗がん剤の副作用により、血液を作る機能が低下すること）が遷延《せんえん》して、白血球の減少が続いてるため治療は延期となりました。

抗がん剤治療一コース終了後のＣＴ検査では、「増悪はしていないが、あまり効果が認められない」という、なんとも言えない評価でした。担当医からは、「予定通り、もう一コース抗がん剤治療を行うか、それとも、このタイミングで手術をするかしないかを決めないといけないかもしれませんね」と言われました。

そして挙句の果てに、免疫療法用の血液に異物が混入したとのことで、金曜日に予定していた治療は結局、不可能との連絡を受けました。このとき、悪いニュースがいっぺんに三つも降ってきたのでした。当事者でなければ、三つのニュースはどれも、それほど落ち込むには値しない程度のものかもしれませんが、当事者にしてみると、覚悟を決めて治療に臨み始めた矢先だったので、一つひとつは大ごとではなくても、一気に三つがドンと来たので、衝撃を受けました。

その週末は、落ち込んだ気分のままで外泊しました。

絶望的な気持ちを味わいましたが、翌週のPET検査では、一定の効果が認められたために、予定通り二コース目の抗がん剤治療に入ることになりました。

これを聞いたときには心底安堵し、前の週の悪いニュースは、ほとんど頭の片隅に追いやられました。

がんになると、激しく変わるお天気のような心とつき合うことになります。

今後もたくさんの悪いニュースを聞かざるを得ないのでしょう。その衝撃を、その都度どのように克服していくか、どうやって強い気持ちを持ち続けるかは、治療を継続していく上での大きな問題です。一番の手だては、悪いニュースを良いニュースで打ち消していくことだと思います。すなわち、一喜一憂で相殺していくという考え方です。いえ、心の持ちようから言えば一憂一喜でしょう。ちょっとでもいいので、七転び八起きや、九転十起のように、良いニュースの方を少しだけ多くすることができれば、少しでも気分が晴れると思われます。一夜の台風のあとの、澄み切った晴天の日のように。

病気、それもがん患者にとっては、七転び八起き、九転十起なんていう心を持つことは無理ではないか？　と思われる人も多いかもしれません。

しかし、ちょっとしたことが悪いニュースとなって一晩落ち込むように、ちょっとした嬉しいこと、良いニュースは、結構周りに転がっています。

しかしそれは、誰かに会う、何かをもらうなど、受動的な出来事だけだと、それほど多くは見つからないかもしれません。

つまりは、考え方次第。

何かを買う、どこかへ行く、誰かに会いに行く、美味しいものを食べるといった能動的なものは、自分次第でどうにでもなるものです。

今回の治療延期の間も、気分が沈んだまま家に籠っていたわけではなく、動物園に行って大好きなカピパラの家族を見たり、映画を観たりして、しっかりと気分転換をしてきました。


この病気になる前は、どれが良いニュースで、どれが悪いニュースなのかなど、考える暇もないような日々を過ごしてきました。忙し過ぎて、考えたらキリがないとも思っていました。

しかし、病気になると、日常の些細なことや、誰かの言葉の裏の裏までが気にかかってしまい、特に、悪いニュースばかりを気にしがちで、自分は不幸だ、自分だけが損をしているという気持ちに陥りがちです。しかしながら、冷静に考えると、良いニュースだって周囲に溢れているものです。果たしてそれに気づけるかどうか？　気づいても、悪いニュースを選別し、良いニュースと相殺していけるかどうか？　それは個人の問題と言ってしまえばそれまでですが、上手く考え方を持っていって、そして段々と状態が厳しくなっていくことを考えて、できるところでは七転び八起き、九転十起を目指すのが、少しでも良い療養生活を送るコツではないかと思います。

問題は、悪いニュースや良いニュースの大きさです。

日々、健康な生活を送っている場合には大きな悪いニュースが起きることは少ないと思いますが、がん患者の場合はそうはいきません。いつ大きな悪いニュースが飛び込んでくるかわかりません。

そしてその大きな悪いニュースを良いニュースで相殺するのが、不可能になる日がやがてやってくるかもしれません。だからこそ、日々の小さな悪いニュースをあらかじめ相殺しておき、来たるべき日に心を備えておきたいのです。

手術の選択と神頼み

抗がん剤治療を開始する段階では、一次治療としてDCS療法（S－1、シスプラチン、ドセタキセルの三剤併用療法）を二コース終了後（一コース四週間なので二ヵ月後）に評価して、可能であれば切除（外科手術）に持ち込もうということで治療が開始となりました。

しかしながら腫瘍マーカーは徐々に増加し続けました。

抗がん剤の効果は期待薄ではありましたが、「最後までわからない！」と勝手に思い続けて結果を待ちました。結局、CTだけでは判断できない点があり、さらにPET検査が数日後に組み込まれて、手術が可能かどうかの最終判断をすることになりました。PET検査を終えた夜に及んでも、僕は往生際が悪く、「腫瘍マーカーと画像診断が乖離してくれたりして……」と、素人みたいなことを半ば祈るような気持ちで、担当医との面談を迎えました。

「原発巣と肝転移の方は、それなりに抗がん剤治療の効果を認めますが、今回のPET検査で新たなリンパ節転移が疑われました。抗がん剤の二次治療に進むか、手術をするかをよく考えて選択してください」

新たなリンパ節転移？　――途端に甘い考えはすっ飛びました。本来であればもっと細かな説明があり、その上で決める、即ちインフォームド・コンセントになるのでしょうが、僕が特殊な患者であるため、初めからインフォームド即チョイスを求められてしまいました。

「一晩考えさせて欲しい」とひとり、病室に戻りました。

〝効果が高いはずの一次治療の抗がん剤で効果がなかったということは、全体的に予後は不良ということだし、このまま二次治療にいって効果があればいいけれども、それほどの効果は実際のところ、もはや期待できないだろう〟

〝病変の広がりを考えると、胃を切除するならば今がギリギリだ。ただ、大きさや腫瘍マーカーの動きを見ると、腹膜播種《ふくまくはしゅ》（がんが腹膜に転移し、種が播かれたように散らばっている状態）があってもおかしくない。とすると予後はほぼ、望めない。だとすると無意味に痛い思いをしないで、抗がん剤治療を選択して、狭窄《きょうさく》症状が出た段階でステントを入れてもらうのもありだろう〟

〝いや、待てよ。手術で上手く切除できれば、がん組織の減量という意味で、予後が延びるかもしれない〟――さまざまな考えが頭のなかを駆け巡ります。

結局は、自分のなかの、外科医の習性が勝ちました。手術を選択することにしたのです。もう二二時を回っていましたが、妻に電話をかけました。

「手術してもらおうと思うけど、それでいいよ。どっちにしても頑張ってね」

「お父さんのしたいようにすればいいよ。どっちにしても頑張ってね」

決断したのは自分ですが、やはり妻に背中を押してもらいたかったのかもしれません。

一次治療の効果がなかったということは、二次治療にいくにしろ、手術を選択するにしろ、予後はそれほど期待できないような気がして、どちらを選択したところで、どうせ結果は……と半ば投げやりになりそうなところを食い止めてくれたのは、妻の一言でした。

結局その晩は、ほとんど眠れないまま朝を迎えて、担当医に「手術を選択する」と伝えました。

手術を選択したからには、あとは自分のできる準備をするしかありません。

最終の抗がん剤投与による影響がなくなるまでのほぼ三週間、経口栄養剤による栄養改善や、少しでも早く離床できるようになるためのリハビリなどを頑張りました。当然ながら、大きな手術になる可能性もあるので、それなりの覚悟も要ります。その他に何かできることはないか？　と思ったとき、たまたま目に入ったのは「がん封じ寺」というものでした。

医者が神頼みだって？　訝《いぶか》しがる読者もいるかもしれません。しかし、胃がんが見つかり、治療が始まってからは、おそらく元気なときには気にも止めなかったであろう「がん」「いのち」「死」などの単語が、非常に気になるようになりました。特に、「がん」という単語には必要以上にナーバスな反応をするようになり、自分でも驚くほどです。それで目に飛び込んできたのが、「がん封じ寺」でした。医者になってから初めて時間の余裕ができた今、神頼みでもなんでもやろうじゃないかと、妻と二人で京都、奈良、東京、埼玉と、ネットで調べた「がん封じ寺」巡りを行いました。ただ、なんとなく立場上、がん封じ寺ツアーに行くと正直に言うのは気恥ずかしく、お世話になった人に挨拶に行ってくると言って、夫婦で術前旅行に出かけました。

これが最後の夫婦旅行になるかもしれないという思いもなくはなく、せっかく東京に行くのだからと、お世話になった何人かの方々に会いにも行き、そして予定通りに寺巡りを実行しました。

非常に充実した時間を過ごしました。旅行を決めて良かったと思いました。あとはもう、まな板の上の鯉になるべく、手術当日を待つだけです。

いよいよ手術。人間は強し！

今回の自分で選択した外科手術は切除範囲が広く、また抗がん剤治療後ということもあり、縫合不全や感染予防並びに、合併症が生じたときの転ばぬ先の杖的な意味もあり、腹腔内ドレーン、胸腔内ドレーン、栄養チューブなど、数多くのチューブ類が手術前に体内に留置されました。

さらに各種のモニター、輸液ルートなど、ＩＣＵ入室時には俗に言うスパゲッティシンドローム（全身が管だらけの状態）そのものでした。

ただ無事に手術を終え、かつ予定通りの手術を行ってもらえたということもあり、自分自身も頑張って早く回復したいという思いから、離床に向けてのリハビリを頑張りました……というか少し頑張り過ぎて、周りからたしなめられることもありました。

そして術後四日目。

予想通りと言うのもおかしな話ですが、食道空腸吻合部《しょくどうくうちょうふんごうぶ》の縫合不全を認め、そのあとしばらくして、膵液瘻《すいえきろう》（手術後に膵液が腹腔内に漏れること）を認めるようになりました。そうなると、ここからこそが医師の技の見せどころであり、患者は、体力（栄養）との勝負となります。レントゲン室で、数日に一回の割合でドレーンの造影と入れ換え、そして病室では朝と晩にドレーンからの洗浄が行われます。この洗浄で、感染の元となる汚いもの（消化管内容物や膵液、壊死に陥った組織など）が腹腔内に残らないようにします。

腹腔内に感染が起こると、それが全身感染症や腹腔内出血の原因となるのです。はじめは縫合不全で漏れた消化管内容物が腹腔内で〝たまり〟を作っていますが、人間の身体というのは実に上手くできていて、出口さえあれば、要らないものはコーヒーのサイフォンの原理のごとく、体外へ出そう、出そうとするのです。つまり、その〝たまり〟に上手くドレーンさえ入って、外に繋がってくれれば、周りの組織が集まってきて自然に〝たまり〟が小さくなり、最終的にはドレーンの道だけが残ります。

その後は、ドレーンを段々と細くしていき、最後は抜いてしまえば一丁上がりというように道が塞がり、漏れがなくなります。

この経過は身体の内側と外側で若干異なりますが、表面の傷口が化膿さえしなければ綺麗に塞がり、化膿すればジクジクして膿が出て経過が遅くなります。

また、〝たまり〟やドレーンの道、そして傷が早く治るかどうかは、栄養状態とも関係します。しかし栄養状態が良好でも、感染があって発熱したり体力が消耗したりすると、傷の治りは遅くなります。

さて、今回は漏れている穴が結構大きかったので少し時間がかかりましたが、これもほぼ予想通り、一ヵ月後には綺麗に閉じました。

しかし、経口摂取を徐々に始めて二週間あまり経ったある日、夕方に清拭をしようと立ち上がった際、左の下腹部が濡れているような気がしました。

嫌な予感に襲われながら、おそるおそる自分の下腹部を見たところ、安全確認の意味で最後に残しておいた膵臓の近くに入っているドレーンから、腸液が滴り落ちていました。

「なんじゃこりゃ。繋いだところがどっか開いたんか？」

冷や汗が流れました。腹腔内に関してはもう、〝でき上がり〟の状態と思っていただけに、軽いパニックになりました。

——また一から、手術のやり直しかもしれない。

——こんなことで本当に治るんだろうか？

今までたくさんの患者さんに手術を行い、ある程度の確率で、このような光景は見てきたし、その都度、外科医として冷静な対処をしてきたはずでしたが、いざ自分の身体のことになると、最悪のことばかり考えてしまいました。

漏れた部分が心配で心配でたまりませんでした。

結局、最後に残してあったドレーンが、近くにあった腸管にあたって傷つけてしまい、小さな穴が空いて、その穴から腸液が漏れたことがわかりました。と同時に、すでに〝たまり〟はなくなっており、また通過障害もないことが検査でわかったので、改めて道をしっかりと作り、段々とドレーンを細くしていくことで、約一週間あまりで穴が塞がり、経口摂取の再開となりました。


今回の術後経過を通して、一番に浮かんだのは、「人間は強し」という言葉です。

そして、よけいなことさえしなければ自然に治癒していく生命の摂理を、この己の肉体を通してもう一度、十分に学んだような気がします。

いつまでも君の席を空けて待っている

入院当初から数多くの方々がお見舞いに来てくださり、メールや電話、そしてSNSなどで有形無形のエールをいただき、それらが闘病意欲に繋がっているのは間違いありません。

「早く良くなってね！」

「時間がかかっても戻ってきて！」

「待っています」

そんな言葉をもらえると、やはり元気が出るものです。

応援してもらいたい人や仲間には、できるだけ正しい病状を伝えることにしました。この期に及んで、取り繕っても仕方あるまいと。

たくさんの人が僕の闘病を見ていてくれる、関心を持ってくれているということ自体が、プラスに働いているような気がします。

入院当初は病状を伝えるだけでしたが、病状が落ち着いてからは、「必ず克服します」の一言をつけ加えるようになりました。これは自分の意思表示でもあり、そして同時に自己暗示のためです。

絶対に、絶対に第二の人生をスタートさせるために。

しかしながら、人間の心とは空の色のようにすぐに変わりゆくものです。

状態がさらに落ち着いてきて、周りにも注意を払えるほど、冷静な気分が戻ってくると、

「しっかりと休んでね」

「君がいない分は皆でカバーしとくから大丈夫だよ」

「今まで忙しかったから十分に休めばいいよ」

などといった、普通に温かくかけてくれる言葉の真意が気になり始めたのです。もしかして、そのような言葉は、

「君がいなくても大丈夫だから」

「君の代わりは誰にでも務まるから！」

「今さら戻って来られても、君の役割はもうないよ」

などと暗に言われているようにも受け取れてしまうのです。

――自分の存在価値や役割はもうないのか？
焦るような気持ちがなかったと言えば嘘になります。

おそらく、がん患者の多くは、このような疎外感や、自己否定的な心理に、息苦しくなっていくのだと思います。これも、自分が当事者となって初めてわかったことです。

また、がん患者の場合はどうしても、がん＝死という概念が脳裏をよぎります。だから、「ゆっくりと」とか、「いつまでも」というような、先の見えない言葉に関しては、想像以上にナーバスになるものです。僕もそのような言葉に、場合によっては焦りや苛立ちのようなものを感じることもありました。治らないがんだとわかり、それまで引き受けていた社会的な役割を降りるたびに、今まで自分は、何をやってきたのだろうか？　このまま皆に忘れられていくのだろうか？　というとめどない不安に包まれました。今はもうそれはないのかと言えば、嘘になります。

あるとき、やはり、今まで続けていた公的役職を断ろうと思って連絡をしたところ、そのトップの方から、「いつまでも君の席を空けて待っている」と言っていただけました。

同様に、親しくしている先生からの講演依頼を断ろうとしたら、「絶対に良くなると信じているので、代わりは立てないで待っとくよ！」と言われました。プレッシャーにも感じましたが、絶対に期待に添えるように頑張らねばならないと、背筋が伸びるような気持ちになりました。

当然ながら、その時々の身体や精神状態、さらには誰からその言葉を言われたのかにもよりますが、がん患者の気持ちは朝令暮改で変化するため、皆さんにもぜひ、そのことを知っておいて欲しいと思います。

わがままを少し許容して欲しいのです。

さて、僕自身は幸運なことに、集学的治療の効果があり、現在は小康状態が得られています。そのおかげで、キリキリするようなプレッシャーのもとで、以前約束した、前述のようなお待ちいただいていた役職や講演も無事にこなすことができるようになりました。

待っていてくれる人がいる――それが回復への気力に繋がるのです。

さらに、具体的な目標ができると、その日に向けて体調を整え、元気でいられるような気がします。

この調子が続けばしばらくは大丈夫。

でも、そのためにはずっと表舞台に立てなければ……。
そんな堂々巡りをしているだけでは仕方ないので、今から何をするか、治療を受けながら何ができるかを考え、小さくてもいいので目標を立てながら一つひとつクリアしていくことを、生きる糧にしようと思います。

がん患者となった、がん治療医という希少種の僕だからこそ、伝えられることがある。この境遇を利用して、同じような境遇にある患者の皆さんに役立ち、できれば勇気づけたいのです。

そして同時に、医療者の皆さんにも僕の言葉を伝えていくことは、単に医療者自身の気づきに繋がるだけではなく、間接的に患者さんのためになるものと思います。そしてそれが、僕自身の闘病意欲にも繋がって、Ｗｉｎ－Ｗｉｎ－Ｗｉｎの関係ができるかもしれないと思うと、ワクワクさえしてきます。

ちょうどその頃に、つんく♂さんの近畿大学入学式での祝辞が世間で話題となりました。
「こんな私だからできること。こんな私にしかできないこと。そんなことをこれから考えながら生きていこうと思います」

「あなたの代わりでは無理なんだという人生が待っていると思います」

「仲間や友人をたくさん作り、世界に目を向けた人生を歩んでください。私も皆さんに負けないように新しい人生を歩んでいきます」

まさにこの気持ちで、闘病に入ったことを昨日のことのように思い出します。

キャンサー・ギフト

外科医として研鑽を積み、一九九二年に、母校の大学病院にスタッフとして戻ってからは、大腸がん治療を担当して診療を行ってきました。

戻った当時の一九八〇年から九〇年代は、大腸がんや胃がんなどの消化管がんには有効な抗がん剤治療法がまだありませんでした。また、放射線治療も当時は照射野が広く、現在のようなピンポイント照射が不可能だったため、照射後にはさまざまな合併症をきたすケースが多く、大腸がんの治療に用いられることが少ない時代でした。となると、あとに残った治療法は外科治療（手術）であり、それが最後の砦であったと言っても過言ではなく、場合によっては自分達だけではなく整形外科、血管外科、泌尿器科の先生方の協力を得て、外科切除の限界にまでチャレンジする日々でした。あの日々が、今の医師としての自分のアイデンティティの一部となるほどの大きな宝物となっています。

そして一九九〇年代、二〇〇〇年代と、がん医療はめざましく進化し続けました。手術療法においては、従来の開腹手術から腹腔鏡を用いた鏡視下手術への変遷を目の当たりにしました。また、二〇〇五年頃から抗がん剤治療も一気に進み、外来化学療法の導入、チーム医療の推進などの旗振り役を務めてきました。こうした動きに伴い、僕自身、院内における感染対策チーム、栄養サポートチーム、褥瘡《じょくそう》対策チームなどにも設立当初から関わり、クリニカルパス委員会など、組織横断的なところにも立場上重要なメンバーとして参画できたのは、その後の医者人生において大きな意義を持ったと思います。

大学病院では、基本的に専門性が重要視されるため、ひとりの患者さんを総合的に診るためには、他職種との協働が必要であり、組織横断的な取り組みが必須になります。しかし、専門性が高いゆえに意見が分かれることもしばしばで、その取りまとめ役は、かなりのネゴシエーション力が必要とされるため、敬遠されることが少なくありませんでした。ただ、僕自身は以前より、大腸がん患者さんの人工肛門の管理などで看護師をはじめ多くのメディカルスタッフの人達と協働してきたことから、特にチーム医療が苦にならなかったこと、並びに当時の病院長が部活動の先輩ということもあり、ノーとは言えない状況だったため、喜んで引き受けさせてもらいました。

二〇〇八年に、金沢赤十字病院へ異動になってからは、中規模病院の生き残りをかけて、さまざまな取り組みを行ってきました。金沢市内には赤十字病院と同規模の病院が乱立しており、そのなかでどう特徴づけ、患者さん、特に胃がんや大腸がんの患者さんに利用してもらうには、どのような取り組みをすれば良いかを、スタッフと共にいろいろ考えて実施してきました。

そのひとつが、抗がん剤治療を行う患者さんに対して、自宅治療中の様子を伺うシステムの構築です。外来での抗がん剤治療では、二週間、もしくは三週間ごとに通院することになります。当然、その間にいろいろな副作用が起こることがあり、その重症化を防ぐことなどを目的として、一週間に一度の割合でスタッフが電話をかけて、何か異常がないか？　困ったことがないか？　を確認する取り組みです。

その他、管理栄養士による栄養相談など、抗がん剤治療を受ける患者さんが、安心して治療を完遂できるように、さまざまな方法でバックアップしています。数多ある病院から、ある意味、命をかけて当院を選んでもらったからには、患者さんにとってできるだけのことをしたいと思い、〝よりベターなやり方〟を求めて、スタッフと絶えず相談をしていきました。規模の大き過ぎる大学病院ではなかなか進まないチーム医療も、金沢赤十字病院クラスだと職員数が三〇〇名ほどなので、そのほぼ全員の顔が見えるというスケールメリットを利用して積極的に進めることが可能でした。

また、金沢赤十字病院は地域に根づいた中核病院ということで、地域の先生方や他の職種との連携が必然であり、超高齢化社会に伴い、今後は福祉、介護との繋がりも、さらに重要になることは間違いありません。そのようなことも念頭に置きながら、さまざまな連携の会を企画し、結果としてそれなりのネームバリューを持つ病院となってきています。さらに、当院が地域連携、在宅医療推進を図ってきたことが評価され、現在は石川県医師会の理事として全県レベルでの地域連携、在宅医療推進などの旗振り役を務めています。

その他にも、多様なボランティア活動も行なっています。特に、〝これこそが自分の使命〟と思い、関わってきたのが、本書の冒頭でも紹介した、がん治療を受けられる患者さんや、その家族に対する新たな支援の形である〈金沢マギー〉です。妻と共に、〈がんとむきあう会〉の仲間と共に活動してきました。

多忙ではありますが、その結果として、がんだけではなく、医療全体を多角的な視点で見ることができる稀有な医師として、ベテランと呼ばれる世代になったことが、自分の特徴だとも思ってきました。そんな、変わり者の医師が、根治不能の胃がん患者となってしまいました。

命には限りがあると自覚した今、これまで通りにいろいろなことにこだわる時間はありません。

今までの僕は、〝全部自分でやらないと気が済まない〟病でした。

しかしがんになってからは、代わりの人がいる仕事は、喜んでその人に引き渡す、というふうに考え方をシフトしていきました。

そのような状況下でも、これだけは自分の手でなんとか成し遂げたいと強く思ったのが、〈金沢マギー〉を完成させることです。この想いは日に日に強くなっています。自分ががん患者になってみて、その重要性を実感したからこそ、そう思ったのかもしれません。

がん患者になると、単にがん治療を受けるだけではなく、がんになったからこそ見えるようになった世界があったり、思わぬ自分の役割が見つかったりすることがあります。

このことをCancer Gift（キャンサー・ギフト）と呼ぶのだと思います。僕自身も、〈金沢マギー〉の設立を自分の役割、使命として絞り切れたことは、ある意味キャンサー・ギフトと言えるのだと思います。

仲間と共に絶対に作りあげる……それが今日の闘病意欲にも繋がっています。人は、どんな状況に置いても、役割、使命を持つことがいかに大切か、生きる根源であるかを僕自身が今、実践しているところなのです。

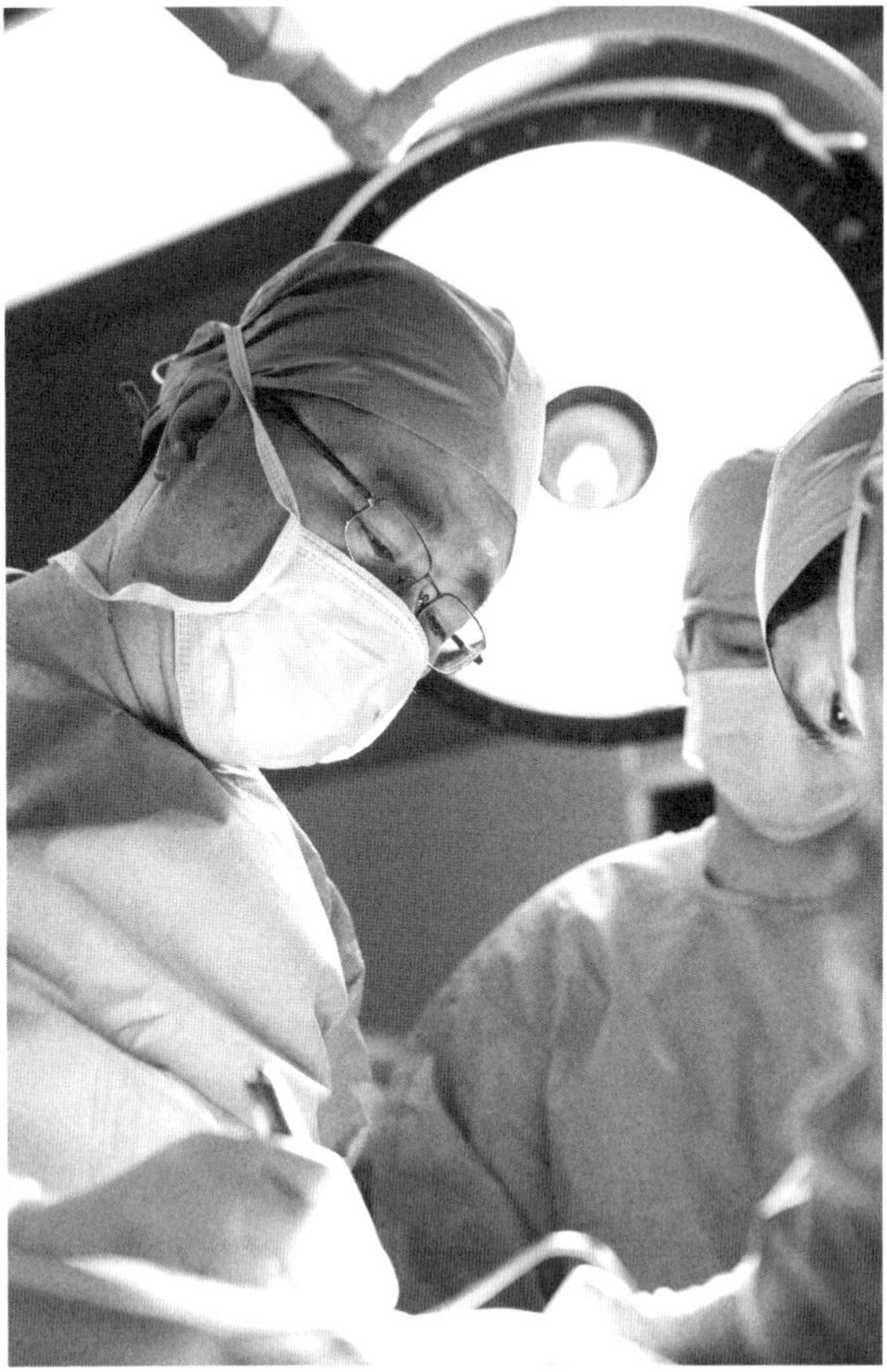

チーム医療の大切さ

チーム医療という言葉が、盛んに謳われるようになりました。これは、従来の医師によるヒエラルキー的な医療の反省から、医師も含めたいろいろな医療職がほぼ対等に横並びとなってチームを形成し、患者さんにより良い医療を提供していこうという取り組みです。

僕は今まで、チーム医療を発信する側の人間でした。元来、皆で一緒にいろいろなことをやるのが好きなタチなので、大学病院時代も積極的にチーム医療に取り組んできましたが、金沢赤十字病院に異動になってからは、チーム医療を一層推し進めたこともあり、結構全国的にも代名詞として捉えてもらえるようにもなりました。

ひとりでできることには限りがありますが、複数の人間でやると、知恵も気力も足し算ではなく、掛け算となって、その人数以上のパワーが生まれることを何度も経験してきたからです。

さらに、自分の育った境遇も関係しているものと思います。

ひとりっ子のせいか、子ども時代は引っ込み思案で、大人しいように見られていましたが、家が中心部にあり便利だったこと、そして同級生が遊びに来ることに関しては両親（特に母親）が超ウェルカムな態勢だったので、実は結構賑やかな環境で育ちました。いつしかひとりっ子には見えないと言われるようになりました。また、父の転勤で、小学校時代に三つの学校に通ったことが自分にとってはプラスであり、案外その後の社交性に寄与したものとも考えられます。部活、遊び、勉強などいろいろなところで皆と一緒に学び、遊び、成長しそして周りの皆のお陰で今の自分があるのだと思います。もし自分がひとりぼっちの環境にいたならばおそらく受験などにも失敗し、妻との出会いもなく、本当に寂しい生活を送っているのではないでしょうか。

そのマインドは、前述したように医局を決めるときにも発揮されて、内科系のようにひとりでコツコツとやるよりも、皆で力を合わせてひとつのことを成し遂げられる外科医の道を選択したような気がします。そうであれば、その後、チーム医療を推し進める立場に自分がなったのも当然の成り行きでした。

チーム医療を推し進める立場の自分が、今回、がん患者になってみて、チーム医療の恩恵を受ける側となりました。医師、看護師のみならず管理栄養士、薬剤師、作業療法士などリハビリのスタッフなどに加えてＮＳＴ（Nutrition Support Team ＝栄養サポートチーム)、緩和ケアチームなど、実にさまざまな職種、チームが、僕の病気に関わってくれたお陰で、今この状況があるものと思われます。

ひとりでできることには限界があるが、複数の人間が集まってやると人数以上のことができるかもしれない。それは、仕事に関しても、治療に関しても、同じことが言えると今なら、確信しています。

もし、この本を僕と同じ、がんになった方が読んでおられるならば、ぜひ、ひとりで闘おうと思わずに、多くの人を巻き込んで欲しいと思います。人が集まれば集まるほど、足し算でなく、掛け算になる。つまり、勝率だって上がるはずなのです。

約束をすることが生きる目標に

治らないがんと診断されると、死を意識せざるを得なくなるのは事実です。やり残したことが大小いくつも頭をよぎり、もう何をする時間も残されていないんじゃないか、と感じてしまいます。

しかし、脳出血や心筋梗塞のように病に倒れたら即、予断を許さない状況に陥るような例は、がんの場合は少なく、徐々に病状は変化していく可能性はありますが、残された時間は結構あります。

周囲には、ゆっくり本でも読んだら？　などと言われることが多いです。安定していて先が見える状況であればそれも叶いますが、少なくとも治療中で先が不透明な場合には、本なんてとても読む気になれない。読んでどうしろというのだ、という気持ちになることも何度もありました。特に闘病のはじめの頃は、不安と恐怖に苛まれて、ただ悪戯に時が経つのを待つしかないものです。

その後、少しずつ、自分が置かれている状況、自分に残された時間を受け入れられるようになると、無為に時間を潰すことがかえって苦痛となり、何か目標（やること）が必要になります。

最初の頃、自分が今後どうなるか、不透明な状況において、はっきり言って先のことを考えることは、恐ろしくてできませんでした。その日その日を乗り切ることで精一杯でした。しかし、ある程度、状態が安定してくる（先が見えてくる）と、何か目標を設定しないことには、時間が過ぎるのが遅過ぎて苦痛になります。何もしていない自分がとても無力な存在に思えてくるのです。

それがわからずに、ＩＣＵにいたときには、ずっと壁掛け時計を見続けていました。このままではいよいよ精神的におかしくなりそうだと思ったこともありました。

しかし、何かをやるとしても体調や治療の内容によって当然制限がかかります。最初に抗がん剤治療を行っていたときから手術までは、何か目的を持って物事をやるというよりも、諸々の残務整理に追われつつ治療が進んでいったという感じです。そして術後、しばらくはその日一日をどうにか乗り切ることで精一杯でした。ようやく落ち着いて、日々何か目的が必要になってきたのは、季節が巡って八月になってからでした。

僕の場合、あまり集中力を要さない何かを探そうと、術後はじめに選んだ目標が、千羽鶴を折ることでした。大の男がベッドの上で折り紙を折り続けている姿は、滑稽に見えたかもしれませんが、本人は結構楽しんで折っていました。まずは二十羽、ついで五十羽と夢中になって折り続けました。

その次には、ムーミングッズの収集を始めました。いただきものも少なくありませんが、いろいろ調べてネット通販で購入するという楽しみをこの歳になって初めて知りました。

その後は昔から大好きな文房具集めに着手。これもムーミングッズと同様にネットで調べながら注文しました。もうひとつの目的として、近い将来に訪れるであろう寝たきりの状態でも、周囲とのコミュニケーションを取りやすくするような環境整備を考えに考えて、必要そうなものを購入していきました。

時間が経つにつれ余裕もでき、ようやく読書やビデオ鑑賞で時間を潰す精神力が戻ってきました。ただ、長編小説を読む気力まではなかなか起こらず、週刊誌程度です。映画も短編を選んで観ていました。

その後、腹腔内ドレーンなどがなくなり、経口摂取が進んでくると、さらに身体的にも精神的にも余裕ができてきて、映画を観に出かけたり、長編小説を読んだりできるようになりました。もしかして体調的に無理だったら中止することを前提に約束した講演などが、九月末から順次始まりました。

それぞれの約束が目標となり、そしてその講演会に向けて体調を合わせていくことで、精神的、肉体的に良好な状態でいられる要因のひとつになっているものと思われます。

僕にとっては、誰かとの約束を実行するということが、良い治療になったのです。ただ、体力の低下は著しいものがありました。講演を再開した当初は三十分も立っておられず、そして何よりも声が出ませんでした。一生懸命、腹から声を出そうとしても、聴衆には絶え絶えの、囁き声のようにしか聞こえなかったと思います。ほとんど聞こえないこともあったでしょう。ご迷惑をおかけしたことをすまない、情けないと思う一方で、病み上がりの僕が講演の機会をいただけたのは、リハビリとして非常にラッキーな、有難いことだったと言わざるを得ません。

そして、良い悪いは別として……ある程度、自分の先に見通しがついてくると、その間に何ができるか、何をやりたいか、そして何か自分が生きてきた証、足跡を残したいという気持ちが高まります。

笑われたっていいじゃないか

今、世のなかは、経済的にも閉塞感極まりなく、未来に希望が持てないと答える若者で溢れているようです。生きている目標を失って漫然と日々を過ごしている人が、残念ながら多くいます。

ふと、思うのです。健康であっても、なんの希望も目標もない人生と、病気であっても、生きる目的、目標を持てる人生というのは、どちらが人間的であろうかと。いや、がんになると、生きる目的、目標を持たざるを得ないのです。そうしないと、生きていけないのです。これは決して、悪いことではありません。こうした考えもまた、先ほど述べたキャンサー・ギフトに繋がるものだと考えます。

がんは、認知症などエンドレスな病ではなく、ゆっくりではありますが、自分の終わりがやってくることを、ある程度、シミュレーションできます。一方、脳出血や心筋梗塞などの突然死よりはある程度時間があるので、具体的な人生の目標を立てることが可能になります。もちろん、症状がずっと落ち着いているわけではないですから、その目標に前向きになれる日も、その目標自体を壊したくなる絶望感に満ちた日も訪れます。

きっと普通に元気な人から見ると、簡単でちっぽけ過ぎる目標に見えて、笑われるかもしれません。

しかし人間、誰しも命は有限です。

限りある命のなかで、自分がこれだと思えば、それが他人からはどんなにちっぽけなことに見えていても構わないはずです。

くだらない目標だ、と笑いたい人は笑わせておけばいい。

岸見一郎さんが、心理学者アルフレッド・アドラーの哲学を説いた『嫌われる勇気』という本がベストセラーになりました。自分の気持ちを押し殺し、人の顔色ばかり窺《うかが》って、人に気に入られようと行動する人は、決して自由には生きられない。人間は、嫌われる勇気を持ってこそ自由、というメッセージが込められていたと思います。

僕もがんになってから、あの本を読みましたが、患者になると、あのメッセージがよく理解できます。さらに言えば、「くだらない」と笑われても構わないという、「笑われる勇気」も必要ではないでしょうか。そして、一緒に目標を遂げてくれる仲間の笑顔が大きな武器となるのです。

人の言葉に傷ついたら……

がん患者になり（多分それ以外の病気でも一緒かもしれませんが）、活字の影響力を思い知らされています。

新聞などを見ていると、大きい小さいに関わらず、自然と「がん」「ガン」「癌」という単語が目に飛び込んでくるようになりました。以前はここまですぐには視界に入り込んではこなかったはずで、人間の脳というのは不思議なものだと思います。無意識に気にしている言葉が、情報としてすぐに入るようにできているのでしょう。

特に最近は、芸能人や文化人が「がんになる」「がんと闘う」といった記事が、新聞や週刊誌等に硬軟織り交ぜて取り上げられる時代となりました。がんになることが、もはや芸能人などにとってタブーではなくなってきており、また、結婚や離婚ネタなどよりもよほど、国民の関心も高いのか、そうした「がん」報道が、視聴率や雑誌の売り上げに繋がっているものと思われます。芸能人のがん告白、がん闘病は、良い意味でも悪い意味でもその影響力は計り知れず、悔しいかな、僕達、医療者が仕事人生を賭けて行ってきた、がんの啓発活動よりも大きいかもしれません。

北斗晶さんや小林麻央さんが良い例であり、乳がん検診のこと、予後のこと、再建手術のことがかなり話題になったのは記憶に新しいところだと思います。ただし、三十代でもマンモグラフィーを推進するなどといった、医学的常識から見ると危うい情報を含んでいる場合もあり、情報を鵜呑みにして病院に駆け込んでくる患者さんに、医療者が対応せざるを得なくなる場面が結構多くなっているのも事実です。

それにしても、芸能人のがんのカミングアウトが年々増えていると思うのは、僕だけでしょうか？

このような喧噪を極める報道は、「がん」という単語に、ただでさえナーバスになっている患者にとって、励みになり、共感できるところもある反面、壮絶な面ばかりがクローズアップされている場合には、当然ながら迷惑なものですし、失望感さえ覚えます。

「がん」≠「死」の時代になったとしても、こうした報道によって、「死」を想起せざるを得ない場合もあり、何気ない雑誌の見出しや、テレビコメンテイターの無神経な一言で、それまで凪いでいた気持ちが、突然の嵐のように揺れることだってあります。

同じがん、同じ病状の方が、壮絶ながんとの闘いを終えて亡くなられた芸能人のニュースを朝から見たら、大切なその日一日を、どのような気持ちで過ごさなければならなくなるでしょうか。僕自身も遠からず、冷静さを失って、そうした気持ちを味わう日が訪れるはずです。

ぜひ、メディアの方には、ただ単に、センセーショナルに情報を撒き散らすだけではなく、内容の吟味並びに、全国でがんで闘っている人の心情を考えて、その影響にまで責任を持ってもらいたいと願います。

それならば、雑誌なんか買わなければ、テレビなんか見なければいいじゃないか、と思う人もいるかもしれませんが、そのメディアの情報を鵜呑みにした、職場や近所の人の、何気ない一言に傷つくことだってあります。身近な人間が放った一言は、ある意味、テレビや雑誌から受けた衝撃よりも大きくなることもあり、そういうことが度重なれば、患者本人は、周囲と距離を置いてしまい、殻を作り、孤独へとまっしぐら……というケースもあり得るような気がします。

同じ言葉であっても、誰が発したかによって、傷つき方が違うのです。遠い人間よりも近くの人間に言われた方が傷つきます。良き理解者だと思っていた人間から発せられたものであれば、尚の事です。

がん患者が生活していく上で重要なのは、人の支えです。病院にいる、もしくはしょっちゅう通院している状況ならば、身近に相談できる医療職がいたり、相談できる場所があるため、気持ちの揺れや、傷ついた心を元に戻せる術がいろいろあるかもしれません。

人の言葉で傷ついた心は、人の言葉でしか、癒せないのです。

それには、ひとりでも多くの支えを持っていた方がいいのです。

家族が、他人に頼らずに、自分達だけでなんとかやろうと思ってしまうと、最初は問題なくやれていたとしても、徐々にいろいろな支障が起きて、家族内に閉塞感が出てくることは容易に想像できます。家族だけのコミュニケーションでは、逃げ場がなくて、患者さん本人も殻に閉じこもったまま、出てくることが困難になってきます。

そして、やはり問題となるのは、治療が一通り終わってしまったあとや、治療と治療の間隔が長時間空いている場合です。病院に相談できるような相手がいない場合もそうです。相談相手が見つからないときは、漠然とした不安だけが増幅していきます。さらに最近では在院日数が短くなり、病棟のスタッフと共有する時間も短くなってきていることに加えて、外来でもスタッフの業務の縦割り化が進んだため、患者さんをまるごと把握しているスタッフが少なくなってきて、病院に通院しているのに、心が路頭に迷っている患者さんが増えています。

がん患者になると、病院で治療を受けているときだけがん患者でいるわけではなく、一生もしくは完治するまでが、がん患者でいるわけで、その大半の時間を、病院ではなく、生活の場で過ごしている人がほとんどであることを、忘れてはいけないと思います。

ちょっと不安になったときは、すぐに病院に予約を取って……というのは、現在ではかなり非現実的になってきています。日本の医療はフリーアクセスと言いながら、治療を終えた患者さんがアクセスできる医療機関は、早々簡単には見つからない時代です。

だからこそ、やはり生活の場には、生活の場に即した支援が必要だと思います。さらにその場所は、専門的な知識が得られる場所でもあって欲しい。医療職だけではなく、生活の上での知識を持った人、がん体験者及び家族等、生活に近い人との繋がりが得られる必要があります。

人を支えるのはやはり人です。

話しやすく、ひとりでいても安心できる空間、傷ついたときに、駆け込める空間、そして生活の場として考えると、味気なく儀礼的な、一方通行的な情報交換ではなくて、食や音楽、趣味などを通じても交流できる場所、がん患者も家族も皆がひとりの人間であることを実感できる場所、がん患者にはそのような場所が必要なのだと思います。そのお手本が〈マギー〉なのです。

おそらくそのような場所は、がん患者だけではなく、さまざまな病気をもって生活している人にも必要なのだと思います。とりあえずは、がんから、いずれはその他も……それが、老いても病んでも最後まで金沢で暮らしたいと思った自分と、仲間達の答えでした。ひとりでできることには限りがあります。ただ仲間や同じ志を持った方々と繋がりながら実行に移せば、金沢らしい、マギーズライクな場所を作るという夢が叶い、実現すると思っています。

患者と医者の間にあるフリと、ズレ

医師として、今まで数多くのがん患者さんの治療に関わってきました。経験を積めば積むほど、以前、ある患者さんから言われた言葉が、僕の頭をよぎるようになりました。

その男性の患者さんは、かなり進行した状態で紹介されてきました。僕と同じような年齢の男性で、家族の背景が似通っていたために、治療に関しても、いつもよりも、〝もし、自分だったらどうするか〟と置き換えて臨みました。

一旦はかなり抗がん剤の効果を認めましたが、段々と効果がなくなり、そろそろ症状緩和の治療だけに移行する時期であることを告知しているときに、その患者さんの口から発せられた言葉が今も耳の奥に残っています。

「先生はがんになったことがないしね」

僕には一瞬、返す言葉が見つかりませんでした。

治療に携わる医療者の大半は、当然ながらがん経験はありません。しかし、がん経験がないからと言って、単に教科書的に治療を進めている訳ではありません。エビデンスやガイドラインに準拠した方法に基づいた上に、自分達の経験や患者さんからいろいろ学んだことを加味して治療にあたります。ただ、言い換えれば、ある意味それは〝がんを知っているフリ〟〝患者さんのことをわかっているフリ〟をしながら治療を進めているとも言えます。このジレンマを、がん治療の限界だと思い抱きつつも、なんとかそこを乗り越えられる術はないものかと長い間考えてきました。自分にがんの経験がない分、できるだけ患者さんの生の声を聞き、多くを学ぼうと思ってやってきましたが、やはりそれだけでは、こちらが質問した回答以上のものはなかなか得られませんでした。

医療者が興味のあるところは、やはり医療に関すること、治療に関することが中心になります。しかしながら、患者さんは医療以外の生活全般のことも知りたいはずで、そのあたりがお互いのジレンマとなると、共に超えられない、医療者と患者の間の〝ズレ（距離感）〟に繋がるものと思われます。

その〝ズレ〟を、少しでも小さくするためにはお互いのニーズを理解し合う、即ち、もっと対話をする時間が必要だと思い努力をしてきたつもりですが、それだけでは何かもうひとつ、越えられぬ山があるような気もしていました。

そんな矢先に、僕自身が医療者側から患者となり、そのもうひとつの山を今、越えられそうな気がしているのです。

それが、〝フリ〟という話に繋がります。

今回僕は、がん患者になったその日から、周囲からの目線、そして、その目線に対する自分自身、妻をはじめとする家族の対応等も一変したような気がしました。その状況を、どのように表現したらいいかを考えていたときに、ちょうど、エッセイストの岸本葉子さんの、〈がんとむきあう会〉のコンセプトブックに寄稿いただいた文章と出合ったのです。

妻と二人で「これだ！」と思わず叫びました。その岸本さんの文章を、次に紹介いたします。


『がんを抱えると、いろいろな〝フリ〟をします。本人も、家族をはじめとする親しい人もそうです。仕事場では、来年という時間があるのが当然のような〝フリ〟。お互い同士では、悲しんでなどいない〝フリ〟。自分自身に対しても、怖がってなどいない〝フリ〟。病院では意志決定をすぐできて、迷わず治療に進んでいける〝フリ〟。〝フリ〟が自分をかたちづくり強くしていく面もあります。でもそればかりでは疲れるし、ときに力が出なくなります』。

がん患者が誰かに相対するときには、もはや自分の意思がどうであろうが、素の自分ではいられないような気がします。

現在の自分を、そして周囲に起きていることを認めたくない、強がっている自分が存在します。そして、その背後には現実に直面して押し潰されそうになっているもうひとりの自分がいます。つまりがん患者は、二重人格的になると言えるかもしれません。二人の自分を意図的に使い分けているのではなく、自然とどちらかの自分が、臨機応変に顔を出すのです。

そのことを、医療者をはじめ、周囲の人に理解してもらうのは非常に難しいことだと思います。

さらに、患者の方は、状況によって精神状態や感情的な面が容易に変わります。場合によっては一日のなかでも精神的に変化し、それと共に、顔を出す自分も変わります。

そして、「ああ、やっぱり自分の気持ちなんてわかってもらえないのだ！」と嘆きつつも、どこかで、「お願いだから、わかって欲しい。私を理解して欲しい」と、矛盾する気持ちも抱いています。

そうした患者側の矛盾を、どのように理解してあげるのかがコミュニケーションの鍵であると、僕は、がん患者になって、知ることができたのです。

人は、誰かの話に相槌を打つとき、「うん、わかるわかる」と簡単に言いがちです。かつての僕もそうでした。しかし、他者の気持ちなど、そんなにすぐにわかるものではありません。永遠にわからない気持ちの方が、ほとんどではないでしょうか。

だから、少なくとも、簡単に〝わかったフリ〟をすることだけはやめて欲しいと思います。心理学者のアルフレッド・アドラーが言っている〝不健康な状態〟では、自己否定的な感情、不信感、疎外感に溢れていることに注意を払うべきだと思います。

簡単に「あなたの気持ちはよくわかりますよ」と言われると、逆に「本当にわかっているのか?」と不信感的なものが生まれるのです。

医療者と患者の間には、〝ズレ〟があることに加えて、医療者と患者のお互いが〝フリ〟をしており、かつ患者の〝フリ〟は、元気な人には見抜けないのだということを理解した上で、コミュニケーションを取ることが重要だと思います。この〝フリ〟と〝ズレ〟を理解したこともまさに、僕にとってのキャンサー・ギフトです。

挨拶、感謝、そしてヨイショ！

どんなに時代が便利になり、ＩＴ先行の未来になっていったとしても、人と人のコミュニケーションの基本は、挨拶と感謝の気持ちだと思っています。

特に挨拶は、基本中の基本であり、相手が目上であろうが目下であろうが、関係はありません。以前、病院内で、僕とすれ違うときに挨拶をしたのに、その後ろにいた看護助手とすれ違う際には、挨拶どころか無視をしているように見えた後輩がいたので、なぜ挨拶をしないのか訊いたことがありました。すると、こんな答えが返ってきました。

「特にお世話になっていないから」

「おいおい、同じ職場に勤めているんだよ。今はお世話になっていなくても、いずれは君の部屋の担当になる可能性だってある。今からせめて、挨拶くらいしておいたら？」

「でも、そうしたら院内の全員に挨拶することになりますよ」

「そうだよ。挨拶は、全員にすればいいと思うけどおかしいかい？　同じ職場の仲間じゃないか。お互いに挨拶をするのは全然おかしなことではなくて、むしろ当然だと思うよ」

後輩は、なんとなく釈然としないような感じでその場を立ち去りました。

ただ、翌日、院内の売店のおばさんや守衛のおじさん等に挨拶をしている後輩を見つけたときには、ほくそ笑んでいる自分がいました。挨拶とは、単に会釈とか言葉のことを示すのではなく、相手に対するリスペクトもあると思っています。特に職場においては（職場以外でも同じですが）、職種の違いは、単に役割分担であり、そこに挨拶の壁など、ありません。自分ができていない部分を、見えないところで補ってもらっていると思えば、感謝の気持ちが表れて当然だと思います。その見返りを望むわけではありませんが、相手に感謝の気持ちが伝われば、自然と見返りが生まれるはずだと思っています。そのようなやり取りこそが明るく、気持ちの良い職場環境を生むのだと思います。

もうひとり気になった後輩がいました。彼は、自分より職位が上の人に対してはしっかりと挨拶をするのに対して、自分より明らかに下の人に対しては挨拶をしませんでした。

彼にこう訊きました。

「なぜ相手を選んで挨拶をするの？　患者さんや家族に対してはどうするの？」

「お世話になっている人や必要な人だけに挨拶をしていますが、悪いですか？」との答えでした。別に悪くはないかもしれませんが、彼は、相手を選んでいるのです。選ぶことが、いつも容易であるとは限りません。誰に対しても、いつも挨拶をするようにしておけば、自分自身が楽になるのではないでしょうか？　そうすれば職場にとってもメリットは大きいと思います。挨拶をしたり、感謝の気持ちを言葉で表しても何かが減るわけではなく、ポジティブな言葉を発することは絶対にプラスになると思います。

医療安全、リスクマネジメントも重要ですが、どちらかと言うとそれは、アラや欠点ばかりを探すことになり、ギスギスした職場環境を生む可能性があります。少なくも、そんな職場では若い人は育ちません。

感謝の気持ちも同様です。

僕が医師になって四年目の出張病院での出来事です。当時の四年目というと、胆石や胃潰瘍（当時は薬物療法より手術法が多かった）や胃がん、大腸がんの一部を執刀することがあり、指導医からは厳しく指導をされていた時期でした。日頃から厳しいことで有名で、どちらかと言うと近寄りがたいと思われていた指導医の先生が、ある日、僕の顔を見ながらこう尋ねてきたのです。

「なぜいつも君は手術室を出るときに、ありがとうございました！　と皆に言うの？」

「無事に手術を終えることができたのは、手術室のスタッフ皆さんのおかげなので、せめてお礼を言わないといけないと思って……そして、逆に自分も言われたときに気分が良かったので、言うようにしています」

「そうなんだ。だから皆も声をかけてくれるんだ、ふーん」

指導医の先生は、そう言って立ち去りました。

翌日の手術を終えたときのことです。部屋を出るときに、その指導医も一緒に「ありがとうございました！」と言ってくれたのです。スタッフの皆は一旦びっくりした顔をしながらも「ご苦労様でした！」と返してくれました。その後も、その指導医は手術室を出るときには感謝の言葉を言って退室するようになったことは、言うまでもありません。

僕がその四年目の研修を終え、大学病院に戻る送別会のとき、その指導医からこんな言葉をかけられました。

「おい、西村。お前のおかげで、あれからスタッフがよく声をかけてくれるんだ。〝ありがとうございます〟の一言が持つ力ってすごいね」

普段は強面の彼に、こう言われたときにはびっくりしましたが、なぜか褒められたような気がして嬉しかったです。

もうひとつ、言葉のコミュニケーションとして時折使っているのは〝ヨイショ〟です。

〝ヨイショ〟する、と言うと、「わざとらしい」「いやらしい」などと非難する人が多いと思います。それこそ、太鼓持ちのように損得勘定で、自分より目上の人間に対して、〝ヨイショ〟ばかりしているといやらしいかもしれませんが、場合によっては良いコミュニケーションツールとなります。

それに気がついたのは、大学病院時代の整形外科の手術に一緒に入ったときです。大きな手術の山場を越えたところでしたが、まだ執刀医の緊張感がほぐれていない状況のなか、指導医が突然、声を出したのです。

「さっすがやね～。普通はここまでできんわ！　さぁ、ラストスパート頑張ろうか！」

その一言で、執刀医の緊張感がほぐれ、その後、順調に手術が進んだのは言うまでもありません。

その現場を見てから、自分自身も、後輩や他のメディカルスタッフに対して、時折〝ヨイショ〟をするようになりました。当然ながら、〝ヨイショ〟は時と場合を選びます。しかし、使い方次第でより場は和み、チームワークが上手くいくことは間違いありません。

挨拶、感謝そして、ヨイショ！

それぞれは違うかもしれませんが、いずれも仕事をスムーズに進めていく上での、基本的なコミュニケーションツールだと思っています。おそらくその大部分、特に挨拶と感謝は意図しなくても普通に交わしていると思います。しかしながら抜けている場合も少なくありません。

ぜひもう一度、しっかりと意識してもいいのではないでしょうか。

鉄ちゃん医師

子どもの頃から、今は亡き父親と一緒に列車時刻表を読んでいたせいか、当然のように列車に乗ることも好きになっていました。

父が単身赴任していた先へ、小学校のときから母と一緒に、あるいは、ひとりで列車の旅を楽しみました。分厚い時刻表を肌身離さず持っていたのは言うまでもありません。

その後、中学生になってからは家庭教師の先生が北海道出身であったことから、夏休みに単身、特急列車を乗り継いで札幌の近くの琴似まで行ったことを思い出します。そんな鉄ちゃん少年の夢は、いつかヨーロッパの鉄道に、特に国際特急列車に乗ることでした。

そして医師となり、さまざまな研究成果が出て念願のヨーロッパの国際学会に行くことが決まりました。

夢とはいつも、思わぬ形で叶うものです。

当時、国際学会に出席することは医療者として、それなりのステイタスであり、教授もせっかくならばゆっくり行って来いと言ってくださるような、今では考えられないゆとりのあった、古き良き時代でしたから、その言葉を真に受けて、国際学会の前後に休みを取らせてもらい、短期の列車の旅を楽しませてもらいました。

最初に行ったのは忘れもしない一九八八年のこと。グラスゴーで開催された学会です。イギリスでは列車には乗りませんでしたが、その帰りに、なぜか皆でスイスに寄ろうということになり、ツェルマットまで氷河特急に乗ったこと、これがヨーロッパの最初の鉄道の旅でした。

鉄道も記憶に残っていますが、ゴルナドグラードから見たアルプスの光景は今でも忘れられません。

一度行くと、当然ながら癖になります。ただイギリス、それもグラスゴーから入ったことが食におけるトラウマとなり、しばらくはイギリスに行けなくなったことも今となれば楽しい思い出です（運が悪かったのかもしれませんが、イギリスで食べたものがすべて本当に不味くて、ロンドンで食べたフィッシュ・アンド・チップスが最高のご馳走でした）。

その二年後にまた発表の機会を得て、今度はオーストリアのグラーツでの学会に先輩の先生方と参加し、このときには妻も一緒に行きました。

学会の合間にウィーンへのショートトリップ、そして終了後に鉄道によるアルプス越えからイタリアに入り、ベニスとローマを巡りました。その後、オスロでの学会の際にはベルゲンへ、ストックホルムでの学会の際には終了後にコペンハーゲンに渡り、アムステルダム、ブリュッセル、そして開通したばかりのユーロスターに乗りロンドンへの旅。このときは寝不足のため、不覚にも乗車直後に寝てしまい、ほとんど景色を覚えていないと言う残念な結果に終わりましたが……。さらに二週間の間に、ドイツのバーデン・バーデンとベルリンの二ヵ所で学会が開催されたときには、ジャーマンレイルパスを使ってフランクフルト、ミュンヘンそしてまだEUに加盟する前のチェコのプラハ、ベルリンと巡りました。

そのときは、列車の旅のみならず、その間に寄ったノイシュヴァンシュタイン城やヒットラーの別荘であったベルヒステガーデン、そしてミュンヘンで開催されていたオクトーバーフェスト、そして初めてヨーロッパで夜行列車に乗って着いた朝のプラハの駅にたむろしていた浮浪者の姿は、記憶に焼きついています。

その後、ミラノでの学会の際には、ついでにローマ、フィレンツェとイタリア国内を移動し、リスボンで開催された学会の際にはユーラシア大陸の西端であるロカ岬までのショートトリップなどで学会の間の時間をある意味有効に（?）楽しみました。

飛行機の方が効率が良い場合でも、都合がつけば列車の移動を好んで行いました。同じ趣味を持っていそうな後輩に声をかけ、誰も仲間がいなかった場合は、ひとり旅を楽しみました。

当然ながら国際学会は、アメリカやアジアでも開催され、参加してきました。ただ基本的に僕はヨーロッパ好きなようで、列車の旅がないとしても、ヨーロッパに魅力を感じています。もし同じ時期にヨーロッパとアメリカの学会があったときにどちらに行くか？と聞かれたときには、間髪入れずに「ヨーロッパに！」と答えると思います。

そしてヨーロッパ鉄道の旅の極めつけは、ブダペストで開催された学会のときです。このときは、ひとりだったこともあり、またロンドンにちょっと用があったため、ブダペスト～ロンドンまで鉄道で行くことにしました。

ブダペストからウィーンまではセミコンパートメントの客車特急、ウィーンからケルンまではユーロナイトという国際寝台特急、ケルンからブリュッセルまではタリス、そしてブリュッセルからロンドンまではユーロスターと、鉄道の旅を完璧なまでに満喫したことは言うまでもありません。

寝台特急では個室寝台に乗り車窓からライン川の風景を楽しみ、ケルンではトランジットして大聖堂を見学。鉄道だけではなく、各地でその名物を食することを趣味としていたため、ブリュッセルではベルギーワッフルを食べまくるなど、味覚も満喫の旅でした。

と、思わずはしゃいで筆を走らせてしまいました。当然ながら、国際学会に行くためには、それに相応しいデータを出す必要があります。臨床の仕事の合間に、その苦労を頑張れたのも、子どもの頃から夢見たヨーロッパの鉄道に乗ることができたからかもしれません。憧れの鉄道旅が待っていたから、睡眠時間を削っての学会準備も頑張れたのです。

しかしながら時代も変わり、年々の忙しさも手伝って、国際学会だからといっても、たいていは必要最小限の出張しか認められないようになりました。もはや鉄道の旅をつけ加えることは夢のようなお話になりました。

さらに僕はがん患者。おそらくもう二度と国際学会、少なくともヨーロッパの学会には行けないことでしょう。とすれば、一昨年（二〇一四年）の十月に遅い夏休みとしてマドリッドで開催された学会に妻と一緒に行けたのは、思いがけない幸いでした。

学会の合間にちょっと抜け出して、列車に乗ってサグラダファミリアを見にバルセロナへ、そしてフィンエアー（フィンランド航空）を利用していたので、ヘルシンキでトランジットして、湖畔の都市タンペレに寄り、ムーミン博物館を訪れました。

二人の子どもがやっと仕上がり、これからは妻と一緒に、いろいろな所に出かけよう、と思った矢先の旅行でした。日程的にかなりきつく、また仕事の関係上、本当に行けるかどうかギリギリになるまでわからない綱渡りの旅でしたが、何はともあれ、一緒に行けたことは、神様の思し召しだったのかもしれません。

ヨーロッパへの夫婦旅行は、あれが最後になるかもしれません。

しかし、妻との旅が終わったわけではありません。まだまだ僕達夫婦は、旅を重ねて、行きたい場所を探りながら、少しでも闘病意欲に繋げていきたいと思っています。

患者となり、抗がん剤治療を受けてわかったこと

先にも書きましたが、僕が医者になりたての頃は、胃がんや大腸がんに効く抗がん剤はないと言われ、基本的には外科治療がメインでした。あれから三十年あまり、今は有効な抗がん剤が数多く登場し、昔ならば予後半年と言われていた多発性の肝転移や、肺転移を伴っていた患者さんも、現在であれば、平均で二年ほど寿命が延びる時代となりました。

そのような目まぐるしく進歩する環境のなか、僕自身、医師として数多くの大腸がん患者さんの抗がん剤治療に関わってきました。

ただ抗がん剤は、がん細胞だけを殺すのではなく、正常細胞にも影響を及ぼすので、当然ながらそれが副作用に直結します。個人差があるとは言え、治療を行う過程で最大限の効果を期待しようとすると、抗がん剤の投与量が多くなり、副作用も強く出ます。逆に、副作用を小さくしようと思えば、薬の投与量を少なくするしか術はなく、どちらかを犠牲にせざるを得ない関係です。

抗がん剤の副作用と一言で言っても、その内容はいろいろです。場合によっては致命的になるものから、外見上の変化に留まるものまで多様であり、さらに個人差も大きいのです。経験を積み重ね、僕自身、抗がん剤を上手く減量、休薬しながら患者さんの副作用を極力コントロールしつつ最大限の効果が得られるようにやってきたつもりです。そうであっても、実際に抗がん剤治療を受けてみると、医師としての自分だったらば想像もつかないことを、実感し、考えさせられました。

まず、何を一番のプライオリティに考えるかで、まったくと言っていいほど治療内容が異なるということです。副作用の神経麻痺が多少酷くなってもいいので、減量や休薬を簡単には望まない人、すなわち治療効果を第一に考える人も少なくないということが、よく理解できました。もしも今後、「治療方針は先生に一切お任せします」と言う人よりも、情報化時代に伴って、ある程度病気に関して知識を持って治療を受ける方が増えた場合に、医療者として今まで通りのスタンスでいられるかどうかは疑問です。と言うのも、僕自身が、神経障害の副作用が現れてからも５－ＦＵ（フルオロウラシル）だけではなく、少しくらい悪化してもいいので、オキサリプラチンという、副作用が比較的強いと言われている抗がん剤を使うことを望みました。

たとえ副作用が苦しくとも、やはり、予後の長さというものを望んだからです。

自分自身に対する治療方針がそうだとすれば、医師としての僕は、やはり他の患者さんへのアプローチも変わらざるを得なくなります。いずれにせよ、辛かったらすぐやめるとか、QOLを下げる治療は無意味だとか……治療効果と副作用の関係は、そう単純に割り切れるものではないことが、がん患者になって、初めてわかったのです。

もうひとつ、臨床試験の問題にも触れなければなりません。

あるがん患者さんに対し、Aという治療法と、新しいBという治療法があります。通常はAの方法でいきますが、新しいBの方が、良い結果が出るかもしれない。それを証明するために、AとBを比較する臨床試験に参加しませんか？　と声をかけるのです。主治医がこの時点で、Bの方が絶対に効果があると思っていれば、患者さんにもBを勧めたい。そして、患者さんと家族は、当然ながら、一番良い治療を望むので、本当の意味で臨床試験は成り立たないような気がします。しかし、それでは臨床試験は行えない……そう考えると、今までの僕は、患者さんを騙したわけではありませんが、患者さんの好意、もしくは善意の元に成り立っていたとしか考えられません。臨床試験が上手くいっているのは、医師と患者さんの信頼関係が成り立っているケースか、もしくはその患者さんがまったく無知かの場合だけだと思います。もし本当に勧めるのなら、病院や医局に対する付加価値ではなく、患者さんに対するメリット（医療費減免など）をもっと考えるべきだと思います。

昨今は、抗がん剤治療と免疫療法を一緒に行うケースも出てきました。しかし、抗がん剤治療と免疫療法を一緒にやったらどっちが効いたか判らなくなるので併用をしないと言う医師がいます。今両方一度に使ってしまうと、次に使うものがなくなるので残しておきましょうという言う医師もいます。

しかしこれは、本当に患者さん主体の医療でしょうか？

そう言う医師は、もし自分ががん患者になったら本当に同じことを望むでしょうか？ごちゃ混ぜでも効けばいい。どっちがどう効いていようが、効くならばそれでいい。今がなければ、次もないんだ……それが、人としての当然の感情ではないでしょうか？少なくとも、状態が悪くなってきたから他の病院に移って欲しいとか、保険適応がないから、この治療しかできませんと言う台詞で、命を守っていけるとは思えないのです。ひとりの患者（for only one patient）が、多くの患者のひとり（one of them）の扱いを受け始めると、どうなるのでしょうか……その心揺れる人達が、あやしい治療や代替医療、真偽のほどがわからないニュースを頼りに行動してしまうのではないでしょうか？

がん医療に関わってきた医師の岸。そして、がん患者の岸。以上は、医療という深い河を挟んで、両岸に立てた自分だからこそ感じることです。

では、これからどうすればいいのか？　両岸から声を上げないといけません。

治療の山

治療中には必ずいくつかの山があります。

僕の場合、根治できない状態で見つかったことから考えると、最初から山を迎えていると言ってもいいとは思いますが、そこを除いて考えてみても、とりあえず大きな山が一回ありました。それをちょっと振り返ってみたいと思います。

二〇一五年八月の末、手術後の状態をある程度乗り切った段階の頃です。

先にも書いたように、縫合不全や膵液瘻など、想定内の合併症はありましたが、致命的になり得るような大きな感染の合併症はありませんでした。経口摂取やリハビリが徐々に進み始め、そろそろ次の段階の治療を考えて、勤務先でもある金沢赤十字病院に再び転院しようとしていたときです。

術後一ヵ月目の血液検査で、腫瘍マーカー（ＣＥＡ）の数値が正常範囲まで低下したことにより、切除の効果もそれなりにあるかもしれないと、上向きな気持ちになりました。

周囲には、楽観的に考えている〝フリ〟をどうしてもしてしまいがちですが、実は僕は、結構な心配性であり、夜な夜な、「もしかしてもう退院できないんじゃないか？」「何か皆で隠していることがあるんじゃないか？」など、要らないことを考えては眠れなくなる日もありました。

今回も、手術することを僕が簡単に受け入れたように周囲からは見えたかもしれませんが、実はそうではありません。画像診断上、一応は切除可能な範囲とはいえ、広範囲に広がっており、さらに肝臓、リンパ節転移も伴っていました。さらに、手術前に抗がん剤治療をしていたとはいえ、がんの発見から約三ヵ月の間に、若干増悪しています。

こうしたことを考えると、もしかしたら検査ではわかりにくい腹膜播種などが広範囲に認められ、切除が不能ということで予想以上に予後が悪くなる可能性、もしくは、手術そのものが、いろいろな合併症が引き金となり、致命的な状況になる可能性など、術前の僕は、誰にも言わないまでも、〝死〟という最悪の事態を含めた、二度と社会復帰できないような状況までを考えざるを得ませんでした。

そのようななかで、術後一ヵ月での腫瘍マーカーで良い傾向が出たときには、ひとり案じていたよりも、かなり良い状態での社会復帰を目指せる気がして、出口の見えないトンネルから少し、もしくは思った以上に光が差し込んだような気がしました。そのまま良い状態が続いてくれたなら幸いだったのですが、転院の直前に、担当医から急に転院後の治療の話が出たり、はっきりと病変の話は出ませんでしたが……なんだか歯切れの悪い会話が続いたりするなかで、インフォームド・コンセントもされず転院となりました。

そして転院後、すぐにPET－CTを撮ったところ、予想以上の新規病変を認めました。しょうがないとしか言えないものの、かなり衝撃を受けました。一旦は良い方向へ気持ちが傾いていたからこそ、落差のある絶望の淵に引き落とされた心地がしました。その精神的なダメージが引き金になったのでしょう、転院前には認められなかった、上腹部不快感、嘔気《おうき》、胸焼け、軽い渋り腹等が次々と出現し、ほとんど食が進まなくなってしまいました。また、ストレスによる自律神経失調を来たしたのか涎も多くなり、ティッシュペーパーを手放せない状況で、多いときには一晩で一箱使い切ることもありました。

その後、定位放射線治療と抗がん剤治療が開始となりましたが、当然ながら症状は増悪し、精神的にも体調的にも、明らかに変調を来たしていると自覚できました。しかし、今回ばかりは、自分でコントロールできるようにはとても思えません。

「食べたいけど、食べたらあとが酷くなる、もしかしたら、もう食べることができなくなるのではないかな。手術をしなければ良かったのかな。もう、このままずっと寝てしまい、目が覚めなくてもいいよ」

などと、自己否定的な言葉ばかりを口にしていたようで、妻はかなり困惑していたようでした。ただ、抗がん剤治療時に用いる消化器症状軽減目的のステロイド剤で症状が軽快したため、その応用として、抗がん剤治療の有無に関わらずステロイド剤を使用してもらったところ、徐々に消化器症状等も軽減し、最悪の事態は免れました。

これが治療の山と言うものでしょう。妻から、「あれは何やったんかね?」と言われるほどの変化で、もう二度と経験したくない状況でした。

今回の〝山〟では、純粋に精神的なものと、身体との連動性（うつ、自律神経失調など）というものを実際に体験しました。今後も、病気の進行に伴ってストレスに晒されることは間違いなく、精神的に、そして身体的にいろいろな症状が出るはずです。自分で解決できるものも、誰かの手を借りないとならないものもさまざまだろうと思います。

そして、次回からは〝山〟の前後の状況にも注意を払う必要性を感じました。同じ高さだとしても、立っている所からそのまま登るのと、足元が削れて登る位置が深くなっている所から登るのでは、当然、疲れの具合は異なるはずです。

やはり最低でも足元を慣らし、元々の位置、もしくは少し高くしてから登ることが重要だと思います。今後も、行く手には大小たくさんの治療の山があるはずです。どこまで越えられるのか、命が尽きるまで挑戦し続けるしかないのかもしれません。

記録ではなく、記憶に残る「死」

病気が見つかり一年が経過し、しばらく小康状態を保っていましたが、腫瘍マーカーの動きを見ると、そろそろ次の段階へ進まないといけない段階になってきたと思います。ただ、もはやここまでくると、不思議と精神的な余裕（？）が生まれてきたのか、ちょっとしたことでは怖気づかなくなりました。こう書くと、強がっている〝フリ〟をしているだけにも見えますが、これが本音です。それはつまり、徐々にまた、〝死〟の一文字が脳裏をよぎっているということでもあります。

医者とは、一般の人よりも〝死〟が身近にある職業です。

数多くの死を目の当たりにして生きてきました。医者と言えども、〝死〟に慣れることは、ありません。今も記憶に残る〝死〟がいくつもありますが、なかでもずっと心に残っているのは、若くして逝かれた、本当にお世話になったお二人の先生のことです。

おひとりは、当時静岡県立がんセンターの口腔外科に勤務されていた大田洋二郎先生です。がん医療における医科歯科連携が、まだそれほど注目されていない頃より、ずっと口腔ケアの重要性を説いてまわられていた稀有な先生でした。その先生の講演を学会で拝聴し、新しいもの好きの僕としては、これは絶対に当院のスタッフに聞かせたいと思うほど新鮮なお話でした。

初対面にも関わらず、「ぜひ一度、当院で話してくださいませんか！」とお願いしたところ、大田先生は、二つ返事で「医科歯科連携に繋がるようであれば、喜んで伺います」との返事をしてくださったのです。

地元に戻り、早速メールにて日程調整をさせていただいたところ、トントン拍子に話が進み、数ヵ月後には講演会が実現しました。

その翌年は、診療報酬に組み込まれるための補助事業等の新しいチャレンジがあり、一緒に参加をしようと連絡を取り合い、多くの意見交換をさせてもらいました。その後、石川県歯科医師会の方から、大田先生と二人で講師を務めるコラボ研修会のお話が出たので、即OKさせてもらいました。コラボできる日程は、なんと自分の誕生日（九月二九日）ということにも縁を感じていたある日、フェイスブックを見ていたら、大田先生のウォールに弟さんからのコメントがありました。

「兄、洋二郎は……」。想像もしなかった訃報でした。

大田先生は、ドイツでの国際学会に奥様と参加され、その移動途中に列車のなかで気分が悪くなり、心臓疾患のため急逝されたとのことでした。五二歳という若さでした。これからさらに実がつくところだっただけに、周りもご本人も、本当に無念だったことと思います。

僕が石川県の医科歯科連携におけるキーパーソンの一員になれたのも、大田先生のおかげであり、これから実践に対する具体的なアドバイスをいただこうと思っていた矢先のことでした。予期せぬ最期だったと思います。しかし、最期の最期まで、ご自分のやりたいことに邁進されていた姿には、憧れのようなものを抱いています。何処まで近づけるかわかりませんが、大田先生のように生きたいとずっと思っていた自分がいます。

そして、もうおひとりは大阪医科大学の化学療法センターにおられた瀧内比呂也先生です。

僕自身は基本的に外科医であり、抗がん剤治療に関しては、片手間的だったのかもしれませんが、大腸がんの患者さんすべてを手術だけで治すのは不可能であると思ったときから、抗がん剤治療の併用が必須であると考え、その後、大学病院のスタッフになってからは抗がん剤治療を実践しつつ学会や文献等でも発表をしてきました。

そのようななかで、二〇〇五年頃から大腸がんの治療ガイドラインができ、有効な薬剤が現場に出てきたことにより、大腸がんの抗がん剤治療が一躍スポットライトを浴びるようになってきました。やがて、外科医という立場にも関わらず、腫瘍内科の先生方とご一緒することが多くなりました。初めはなかなか入り込むことはできませんでしたが、徐々に打ち解けることができるようになり、その内のおひとりが瀧内先生でした。

腫瘍内科医の方々は、やはりエビデンス中心、標準治療を頑なに守られることが多いのに対して、外科医の行う抗がん剤治療は、どうしても、やや甘い内容になることが少なくありません。「だから外科医がやる抗がん剤治療は……」と、腫瘍内科医から相手にされないことも少なくなかった時期でしたが、瀧内先生は、「状況に応じて臨機応変に考えて、フレキシブルなことも必要だ」と、結構庇ってくださったことを思い出します。そうしたことから親しく交流させてもらうようになり、金沢にも何度も講演会等で来てくださいました。終了後には、お好きだったワインとお寿司で盛り上がったことを思い出します。

一番思い出に残っているのは、瀧内先生から誘っていただき、一緒に講師を務めた大腸がんのWEBセミナーです。

当日は天気が悪く、雷鳴が響き渡るような日でした。

開始時間のちょっと前にも雷が鳴ったせいか、音声は伝わるものの画像配信できなくなってしまい、その後何回か再起動をかけても同じ状況であったため、瀧内先生が「音声だけはこちらから発信して、画像は、各地でそれぞれ資料として渡してあるパワーポイントを操作してもらうことでやりましょう！」と決断をされました。音声と画像のタイミングがずれたりして、所々危ういところもありましたが、なんとか無事に終えることができました。苦笑いしかないような経験ではありますが、今となっては良い思い出です。

瀧内先生の患者さんに対する思い入れは人一倍強く、いろいろ勉強をさせていただきました。先生ご自身ががんを患い、病状が優れないときでも、可能な限り各地を廻られて情報を提供されていた姿は今思い出しても、凄味さえ感じます。本当にお世話になったという想いに加えて、僕自身が今置かれた立場が、（レベルは違うかもしれませんが）瀧内先生と重なる部分も多く、忘れられないということもあります。瀧内先生の姿を思い出し、残りの人生で、ひとりでも多くのがん患者さんのお役に立てるように頑張っていきたいと思います。

このお二人は、おそらく僕以外にも、多くの医療者の記憶に残っているに違いありません。僕もまた、このお二人のように、医療に何か足跡を残したいという想いがあり、あえて書くことにしました。

記録ではなく、記憶に残る「死」。僕もまた、誰かにとってそういう人間でありたいと、時々考えてしまうのです。

いい生き方、いい死に方

今年で五七歳になりますが、生きてきて良かったと思うことはたくさんありました。だからと言って、生きていない方が良かった（死んだ方が良かった）と思ったことはなかったのかと言えば、そうではありません。しかし、今、生きているので（死んでいないので）、死んだ方が本当に良かったのかどうかは、わからないわけですし、そんなことは生きているからこそ、言えるのです。

子どもの頃、思春期の頃は、些細なことで〝死にたい〟と思ったものです。当時のそれは、〝姿を隠したい〟〝逃げ出したい〟と同じ意味でした。

医学部に入り、医師になってからは、「死」が近いところにあったので、それまでのように抽象的に軽々しく〝死にたい〟とは言えなくなりました。

医学部三年のときの解剖学実習をはじめとして、臨床講義、ベッドサイドでの実習を重ねるにつれ、少しずつ死というものを考えるようにはなりました。しかし、もっと本格的に考え出したのは、外科の医局に入って、医師として直接患者さんの生死に関わってからだと思います。入院していた患者さんが治療の甲斐なく亡くなったり、急患で来てそのまま亡くなったり、手術中に亡くなったりと、たくさんの命の終わりに立ち会いました。

死を意識して亡くなられた方、意識したかどうかはわからない方、そして死などまったく予想もせずに突然亡くなった方まで、さまざまでした。やはりがん患者さんは、告知の段階から死というものを意識せざるを得ず、かつ経過もそれなりに長いため、医療者の立場で、死について少し会話をしたり、言葉の端々から死への覚悟を感じ取ったり、ご家族から聞いたりして、患者さんそれぞれが持つ死への想いを知ろうと努力していました。

死を受容している患者さんはごく一握りでした。受容をしているとしても、本当にギリギリのタイミングの状態で受容されるようでした。そして、たいていの人は死が怖いと感じています。ただ、怖いにもいろいろあって、自分がこの世から存在しなくなることが怖い、死んだらどうなるか経験したことがないから怖い、そしてがん患者さんの場合は、最期に訪れるという強い痛みが怖いという、三つの怖さに分かれるような気がしました。

痛みへの恐怖に関しては、疼痛管理などを含めていろいろな薬剤や緩和ケアチームの介入、そしてスタッフとのコミュニケーションなど、医療が関わることでかなり払拭される可能性があります。ただし患者さんの状況も刻々と変化する可能性があり、上手く対応していくことが重要です。

このように、命の尊さ、はかなさを日々目のあたりにすれば、「死にたい」なんて言葉は、早々口にできなくなります。

また、〝死〟という言葉も、その時々によって、多くの意味を持ち合わせます。

しかしながら、本当の〝死〟とは何なのでしょうか。

人間の死亡率は一〇〇パーセントですが、いつだって、死を語るのは、生きている人間です。死んだ人間からは、その経験を聞くわけにいかないので、本当の〝死〟は、誰もわからないはずです。わからないからこそ、怖いのです。自分自身が存在しなくなる。じゃあこの自分は、その後、何処へいくのだろうか。

死が一番身近な職業に就きながらも、胃がんになるまでは、僕もやはりどこかで、死を他人事のように感じていました。六五歳まで仕事をして、その後、嘱託などでできる仕事をしながら、妻とときどき旅行に出かけて、その後は認知症にでもなり、八十歳くらいでコロッと死ぬのかな、と思っていたのです。

死があるから、生がある。それでは、〝生きる〟とは、どういうことなのでしょうか？

ただ息をするだけ、寝て、ご飯を食べて、また寝る……それが、生きることなのか？誰もが違うと言うでしょう。人間にとって〝生きる〟とは、それだけではありません。誰もが、良く生きたい。より良い生き方をしたいと願うから、勉強をしたり、本を読んだり、仕事をしたり、誰かと関わったり、何かに挑戦をしたりし続けます。僕もそうです。生きたいと願うのは、息をするためだけでも、ご飯を食べるためだけでもありません。そして、〝生きる〟の最終形が〝死〟であると思っています。即ち、いい〝生き方〟をするためには、いい〝死に方〟で人生を終えること。

僕は今、健康な人よりも、死までの距離が、明らかに違う場所に立っています。距離が見えた今、いらないことはせず、しっかりと目標を定めて生きていくしかないと思います。良い生き方だったのかどうかは、死んでみないとわからないかもしれません。つまり、自分で自分の人生を総括することは、不可能なのかもしれません。だけど、自分の生き方は、家族、仲間や友人の記憶には残ります。

僕は今、死ぬまでの時間を家族や仲間と少しでも多く共有して、何かを成し遂げ、自分の〝生き方〟を間近でよく見てもらえることが、いい生き方であり、いい死に方なんじゃないかな、と思っています。

濃密になった夫婦の時間

病人になるまでは、時間に追われるように、まさに分刻みで仕事をしてきました。周囲からは、「いつ寝ているの？」「なんか変な栄養剤を飲んだり、注射しているんじゃない？」と言われたり、また僕自身も、「どこでもドアを持っているので」などと言っていました。

そんな仕事人間ががんになり、ある日突然、時間に追われなくなってしまうと、元気なときにもっとあんなこと、こんなことをしておけば良かったのに、と急に後悔の念とともに過去を振り返るようになります。もっと家族と一緒の時間を作れば良かった、大好きな犬を飼いたかった、旅行に行っておけば良かった、あの店のあれを食べておけば良かった、趣味を見つけておけば良かった……等々。

仕事面でももちろん、やっておけば良かったということが多くありますが、ほとんどの後悔は、家族との時間のことにいき着きます。それはつまり、家庭や家族の犠牲の上に、僕の仕事が成り立ってきたことの証なのかもしれません。

がんになるまでは、そんなことすら気がつかず、気にも止めず突っ走ってきてしまいました。そこに後悔はありません。

人生は前進あるのみです。振り出しに戻ることはできないし、時計を巻き戻すことも不可能。今の状況を仕方ないと受け入れる（フリをする）しかありません。それは病気にならなくても、ある意味同じでしょう。老いるとは、そういうことです。誰もが平等に、不可逆。

そうやって自分を納得させていくしかないのです。


ただ、もしも何年か前に胃がん検診を受けていたら……という「if」には今だに引っかかります。「if」を考えても仕方ないと頭ではわかっていても、病勢を考えると、根治できていたかもしれません。

しかしそれよりも、もしその時点で治療をしたとすると、その後の人生は当然変わっていたはずで、そうなると、今まで行ってきたことや、仕事を通して出会えた、かけがえのない人達と出会えなかった可能性もあります。

病気が見つかる前までの忙しい状況に満足し、その点を踏まえて、今の病気の状態を止むを得ずと考えられるかどうか、今までの出会いと天秤にかけて、自分を納得させているような気がします。もしも今回、ある程度病気を克服できれば、また何かを手に入れることができるはずだと信じている、もうひとりの自分がいることも事実です。

ただし、たとえ自分は納得できたとしても、周囲の人達、特に家族や仲間の期待や気持ちを大きく裏切ってしまったことは間違いありません。

わかっています。本当に一番迷惑を被っているのは家族、特に妻であることは。

今まで突っ走ってきた自分を支え（一方で、呆れもし）続けてくれました。先にも書いたように、新婚生活時代の蜜月さえなく、ただただ仕事に没頭していた僕です。それが、結婚三十年目に入り、病気が発覚してからは、新婚の若き夫婦でもあり得ないほどに、夫婦になって初めての濃密な時間を一緒に過ごしています。こんな形で夫婦の時間が訪れるとは……。

妻は、抗がん剤治療の際には美味しくない栄養剤をいかに飲めるようにするかを工夫してくれました。また術後、ＩＣＵに入室していた二週間は、メールや電話など外部との連絡も遮断されていたこともあり、朝昼晩、各一時間の面会に必ず来てくれたことが、どれほどの安心に繋がったかはとても言葉で言い表すことはできません。

その後、一般病棟に戻ってからも、食べること、排泄、シャワーなど保清《ほせい》、即ち生活面をサポートしてくれたことも、到底ここに書き切れるものではありません。そして今、入院はしていますが、外出したり、外泊したりしながら徐々に生活を正常に戻しつつ、さらにできる範囲内で講演など社会活動を開始してからは、彼女の自己犠牲の上で、専属看護師兼運転手兼秘書として良きパートナーとなってくれています。

また〈金沢マギー〉設立に向けての活動を、妻と一緒に行っていることも、胸を張って言えます。


実は妻も三年前に、早期とはいえ、膀胱がんを患いました。

彼女はその経験をもとに、ピアサポーター養成講座に通ったり、医療コーディネーターの資格を取ったりしました。妻の膀胱がんが見つかったとき、それ以外に進行肺がんを疑わせる病変が認められました。今となっては笑って話せますが、あのときは、肺がんで早々に彼女がいなくなってしまう悪夢に怯えました。しかし、気丈な妻は、「私がいなくなってもいいように、今からちゃんと家のことを覚えてください」と僕に言うのです。

こっちはオロオロするばかりでした。他にも、妻は妻で、僕の知らぬところで、生前整理を進めていたようです。

その肺の病変が幸運にも炎症だとわかったときには、「片づけ過ぎた！」とお互いに苦笑いするしかなかったというオチがついていました。

いずれにせよ、女は強し！　母は強し！　を実感したときでもありました。

その二年後には、今度は夫の僕ががん患者に、妻はがん患者の家族となってしまいました。

今度は予行演習ではなく、本番です。

夫婦ですから凸凹はありますが、夫婦ともにがん患者とがん患者の家族の両方を経験したことはもしかして、〈がんとむきあう会〉の仲間と一緒に〈金沢マギー〉を作ろうという大きな目標に向かっている二人に運命づけられたことで、その本気度を試されているのかもしれません。

生活だけではなく、目標まで共有して一緒に活動し、そして将来の場を一緒に作り残していけることは、幸せな夫婦の形だと思います。

無論、残していく身にとっては、自分がいなくなったあとの妻の喪失感がどれほどかも心配です。親戚の少ない自分達にとって、そのときにお世話になるのは友人であり、〈がんとむきあう会〉のメンバーの皆さんだと思っています。今後は目標に向かって進むとともに、夫としては、いかに皆さんに残した家族をバトンタッチしていくか考えていきたいと思います。

人生に終わりがあることを自覚してから、思い立ったが吉日のごとく、いつかしたいと思っていたことをやり始めたり、急に何かをしたくなったり、やらないといけないと思い出したり、もう一度食べたいと思うものを食べたくなることがよくわかりました。

逆に、どうでもいいことは本当に興味がなくなり、あっさりと切り捨てることができるようになりました。そういう意味で本当に自分にとって必要なもの、必要な人を見極める良い機会、断捨離の期間になっているものと思います。そんななかで、今までの空白を取り戻すように訪れた夫婦の時間は、今の僕にとって何よりも大切な時間です。

今まで僕がやってきたこと

ここで、今までやってきたことを振り返ってみたいと思います。

まず自分自身の医師としての三十年余りのキャリアの真ん中を貫いているのは、大腸がん治療です。医師になって五年目（今で言う後期レジデントを終えたタイミング）に大学病院に戻り、学位のテーマを教授にもらいました。

自分の場合は、今年（二〇一六年）三月に福井大学を退官された山口明夫先生が指導教官となり、『Δ12-PGJ2が大腸がん細胞の浸潤・転移に及ぼす影響』という大腸がんに関する基礎的研究のテーマをもらい、同時に臨床においても山口先生と共に大腸がんの検査と治療を担当することになったのが、大腸がん治療のキャリアの始まりでした。先にも書いたように山口先生は仕事のみならず、遊びも含めて公私共にスマートであり、かつ人の悪口は絶対に言わない方で、上からは大きな信頼を得られており、下には誰からも慕われるという理想的な上司でした。自分など足元にも及びませんが、とてつもなく大きく影響を受けたのは間違いありません。その後、七年目から九年目まで関連病院への出張を終え、一〇年目に大学病院に助手（現在の助教）として戻りました。その後は二〇〇八年に金沢赤十字病院に異動するまでの一五年間あまり、大腸がん治療のチーフとして臨床、研究そして教育に携わりました。その間に、日本全国の大腸がんに関わる方々といろいろ交流させてもらったことが自分の宝となりました。その結果として大腸がん治療ガイドラインをはじめ、多くの医療書に名前を連ねさせてもらっていることが、自分自身のステイタスを形作ってくれていると思います。

また、大腸がん治療に大なり小なり関連する抗がん剤治療、外科感染症対策、外科周術期管理、栄養管理、クリニカルパスなど、さまざまな組織横断的な役割を持つ分野にも大学病院で関わらせてもらったことも、金沢赤十字病院に異動になってから非常に役立ちました。それぞれの分野において、さらにチーム医療という大きな括りにおいても、日本全国でそれなりに名前が売れたと言っても過言ではありません。人工肛門（ストーマ）の管理やスキンケア、褥瘡の管理の分野でも、東京大学教授の真田弘美先生、金沢大学教授の須釜淳子先生や金沢医科大学教授の紺家千津子先生とも、大腸疾患に関連して以前よりストーマ外来等で一緒に仕事や研究をさせていただいた関係で、多くの看護師の方々と交流させてもらったことも、チーム医療の面では大きかったと思います。また、在宅医療も、ある意味多職種が関連するということでチーム医療だと思っており、石川県での旗振り役になった際にはいろいろなチーム医療に関わってきたノウハウが非常に役立ちました。

大学病院時代には、こちらが何もしなくても最後の砦的に患者さんは方々から集まってきましたが、地域の中核病院に過ぎない金沢赤十字病院に異動になってからは、ただ待っているだけでは患者さんは来てくれません。

大腸がん領域でのネームバリューがあるため、それなりに患者は増えましたが、副院長という立場も考えると単に外科として頑張るだけではなく、病院全体を盛り上げることを考える必要があります。そこで、まずはこれまでに得られた人脈を利用して「なんで金沢赤十字病院にあんな先生が講演に来るの？」と羨ましがられるような先生方をどんどんお招きしたり、全県下対象の看護師向け、薬剤師向けの勉強会を定期的に開催したりすることにより、病院スタッフのモチベーションを上げる努力をしました。

特に、自分がアイデアを出してもちょっと眉唾的に思われるようなことに関しては、『他人の口を借りる』というポリシー（？）から、懇意にしている著名な先生にバックアップしてもらうという手段を使いました。

そして、各分野で新たな取り組みをどんどん行い、学会発表をしてもらうことにより視野を広げてもらい、単に地域で収まるのではなく、十分にオールジャパンクラスで戦える病院であることを、スタッフに認識してもらうための支援を行いました。

また金沢赤十字病院クラスの病院はもっと地域に根づくべきだと考え、地域の診療所の先生方との交流は当然として、地域のイベントや異業種の集まりにも積極的に参加してアピールし続けたことも、少しずつ地域における役割を明確にするのに役立ったものと思います。

もうひとつ挙げないといけないのは、先にも書いた在宅医療推進です。

二〇〇八年に異動になった段階から積極的に診療所の先生方と病診連携を行ってきましたが、時間が経つにつれ、それだけではなく医療、介護、福祉領域における連携のなかできちんとした場所を保持する必要があると考えるようになってきました。

ちょうどその頃、石川県医師会の当時理事であり現在医師会長である近藤邦夫先生から「医師会で来年度から在宅医療を推進するためのネットワークを作ろうと思いますが、ぜひ参加してください」とのお誘いをいただきました。

ずっと勤務医であり、往診を一度もしたことがないので一瞬躊躇しましたが、僕のポリシーは、「自分にできる仕事は、断らない」です。二つ返事で「やります」とお答えしたことが、一つの分岐点でした。

大腸がん治療と在宅医療、その両者はまったく関係がないように見えます。カテゴリー的にはまったく別ですが、ミクロ的に考えて患者さん一人ひとりを見ると、両方が必要な方はかなりいるはずです。そういう意味から考えると、同じ土俵で物事を見ることができる医師も必要なのかもしれません。

またマクロ的にもいろいろな分野に関わりを持つということは、当然ながら決して無駄ではなく、本来は必要な人材だと思います。ただ言えるのは、なかなかこんな医師はいないだろうということで、そこが自分の存在価値なのかもしれません。このような立ち位置にいられるのは、やはり自分のポリシーがそうさせたということと、周りの方々のご縁に恵まれたおかげだと思います。

次の年から〝金沢南在宅医療推進会議〟という名前で、病院で培ったチーム医療推進のノウハウを利用して、多職種対象の勉強会やワークショップを開催し、交流会を開催してネットワークを広げていったところ、近藤先生から「今度、医師会長になるので、理事となって一緒にもっと広く在宅医療推進をやりませんか？」というお誘いをいただき、医師会の理事となりました。さらに翌二四年度の厚労省の在宅医療連携拠点事業に石川県推薦枠として採択されたことがまた大きな分岐点となり、日本全国の在宅医療に関わる方々や厚労省の方々との新たな人脈ができると共に、自分達の〈いしかわ９２１在宅ネットワーク〉という活動も周囲から注目を集めるようになりました。

自分自身が在宅医療を行っていなかったこと、チーム医療的な概念を持ち込んだことなど、ずっと在宅医療に関わってきた方々とはまったく異なったアプローチが非常に参考になったこと、さらに当時行政（石川県）、医師会（石川県医師）そして現場とが上手くいっている地域がそれほど多くなかったということも、注目を浴びた原因のひとつだと思います。

これまで大腸がん治療をはじめとして、いろいろな角度で医療に関わってきました。そのなかで、本当に大事なことはやはり人との繋がりだと思います。また人の迷惑にさえならなければ、まず実行しようという気持ちも大切です。そして、できるだけ物事はフレキシブルに考え、自分自身が多分野に関わってきたからこそ広い視野で物事を考えることをポリシーとしています。

何事も、実際にやってみないと、上手くいくかどうかはわかりません。

そして何かを成し遂げてこそ、そのあとにあるセレンディピティを手にすることができると思います。

ここで、僕の座右の銘としている、作家の城山三郎さんの以下の言葉をご紹介します。

あれこれ考えるより、
つくるのが先決だ。

まずいところがあれば、
動かしながら直して行けばいい。

命に限りがあると実感してからは、当然ながらできることに限りがあるので、仕事の内容を絞っていきたいと考えますが、人の役に立つというただ漠然としたイメージではなく、今までは叶えることができなかった〝自分の経験を活かして、人の役に立つ〟という明確なミッションのもとで今、動いているつもりです。

終わりに

人間には良い意味でも悪い意味でも欲があると思います。子どもの頃は可愛い女の子に好かれるためにちょっといい格好をしたり、中高生のときはちょっと成績が良くなったら、少しでもいい学校に進学したくなったり、そして大人になったらちょっとでもいい仕事について少しでも多くお金を稼いで、少しでもいい奥さんと結婚していい家庭を築く……欲があるからこそ、頑張れるのだと思っています。

無欲というのも結構魅力的な言葉に思えますが、それはあくまでも欲を出さずともある程度備わっているからこそ成り立つのであって、すべてに関して欲をまったく持たずに、無欲で仙人のような生活を送れる人は成功者ではなく、ある意味、世捨て人くらいしかあり得ないのではないでしょうか。

即ち人は、欲と無欲のバランスが取れていることが重要なのだと思ってきました。

今回このような病気になって、最初は治療を行わなければ残された人生は約半年と聞いた時点で、それまでの「今後、あんなことやそんなことをしてのし上がりたい」といった言わば男の野望のような欲をはじめとして、いろいろなものがいっぺんに吹っ飛びました。

その代わり、しばらくすると「治療効果が出て、少しでも長生きをしたい」という、ある意味、神頼みのような欲が少しずつ出てくるようになりました。

その後、ちょっとでも状態が良くなったり、腫瘍マーカーの数値が下がったりするなど、いいことがあるとさらに欲が出て、逆に、治療の効果が出なかったりすると段々と欲も出なくなるという日々の繰り返しになりました。当然ながら、欲が出るということは、治療意欲が増すということに直結します。

根治不能のがんの場合に、小さくてもいいので、いかに人生の目標を設定するか？　ということが重要だと言われますが、同じくいかに欲を出させるか？　ということも闘病意欲等には重要なのだと思います。

無治療ならば余命半年と言われ、その後もう六ヵ月をクリアして一年以上経過しました。あと半年、そのあとまた半年、というふうに欲を出しつつ前に進み続けられたら最高なのですが！

〈巻末付録〉

がんと診断される前に、もしくは診断されてからやらないといけないこと

年齢を考えるとがんになる可能性はちょっとはあると考えていましたが、どこかで他人事だったのも事実です。しかしながら、がんと診断されると、一般的には正しい知識の集積、適切な治療施設、そして身の回りの整理、断捨離などすべきことがたくさんあります。

がんの治療には時間とお金がかかります。そして一〇〇パーセント、元の身体に戻ることはありません。そして元気なときは自分ひとりで生きているような気がしますが、このような病気になると、人はひとりで生きているわけではない、人の支えが重要だということがよくわかります。自分自身が、自分であって自分でない自分となる感じです（周囲からはわからない孤独）。そのような状態を家族や周りの友人達と共有しておくことが重要だと思います。

いずれにせよ、がんが見つかることは即、死ではありませんが、人生の終わりを考えざるを得ません。終わりがあるからこそ今何をしないといけないかを考えるきっかけになると思います。

そこで、自分自身ががんと診断されてから行ってきたこと、並びに自分の経験からやっておけば良かったことを反省も踏まえて書いておきたいと思います。項目としては下記の8項目について詳しく述べたいと思います。

1 いつがんが見つかってもいいように準備をする
2 がんと診断されたら（告知）
3 治療方針の決定
4 治療を受ける前に、まずやっておくべきこと、やらないといけないこと
5 検査・治療中の注意事項
6 退院～社会生活を送るにあたって
7 再発したとき
8 人生の最期を迎える準備

1 いつがんが見つかってもいいように準備をする

・がんを、一〇〇パーセント予防することはできません。がんは二人に一人がなる病気ですから、実に二分の一の確率で、どこかのがんになる可能性があります。がんは他人事ではありません。

ですから、やはりがんについて興味を持つとともに、できれば自分が（家族が）がんになったら、どうしたいか（どう生きたいか）を考えておくといいと思います。エンディングノートなどで情報を共有しておくことも良い方法だと思います。

・最近は医療制度についても一般の知識として新聞やテレビで報道されることがよくあります。できれば一般的な医療のことについてもある程度は目を通しておく必要があると思います。

・自分の身体のことを相談できる、かかりつけ医（もしくは身近な医療職）を持つと非常に助かると思います。

・がん検診かドックはぜひ受けましょう。自家用車でさえ定期的に車検に出します。それを考えると検診やドックは決して時間やお金の無駄ではありません。

・生命保険の書き換え等のときには、しっかりと検査をした上で行いましょう。

・やはりがん治療にはお金がかかります。経済的な余裕があるようであれば、がん保険に入っておいた方がいいと思います。

2　がんと診断されたら（告知）

・告知を受けると頭が真っ白になることがあるので、ひとりでは受けず必ず家族、場合によっては信頼のおける知人と一緒に受けましょう。

・がんと告知されると死を意識してしまうかもしれませんが、一般的にがんと診断されたとしてもすべて即時に死に直結するわけではありません。がんは病気の進み具合（進行度）などでいろいろ異なります。まずは自分がどの段階であるか（治る可能性が高いのか治る可能性が低い、もしくはないのか）、どのような治療方針であるかをしっかり確認しましょう。治る可能性によってその後の人生の目的が変わります。もし治らないがんの状態だとしても、他の心筋梗塞や脳出血などの急性的な疾患と異なり、時間的な余裕があります。

・そして何も質問しなければ、すべて理解したと判断されてしまうので、わからないことがあればきちんと質問しましょう。そして必ずしも即答をする必要はなく、一旦持ち帰って相談してくることも可能です。

・治療に伴い、いろいろなことをキャンセルしたりする必要があると思います。そのためにも誰に（家族、知人、職場など）どこまで自分の病状（たとえば病気である、がんである、進行がんである……など）を伝えるかをよく考えて実行する必要があります。これには案外時間がかかります。

・がんの治療に関してはマスコミ等にも玉石混交な情報が氾濫しています。特に自分ががんと診断されると小さな記事も目につくようになります。病院やインターネット等で正しい情報を得るように努めましょう。

（治らないがんの告知を受けた場合）

・落ち着いて今後の人生の目的を家族などと一緒に考えましょう。治らないと告知を受けた段階で、死、即ち人生に終わりがあることを再認識します。いい風に考えると、再認識できたからこそ、今何をすべきかを考えることができると思います。できること、できる時間にはおそらく限りがあるかもしれません。ただ残りの人生に目標を持つこと、そして可能であれば家族や仲間と共有することが、自分の足跡を残すことになり、それが治療を継続する意欲に繋がると思います。人生の目標を見失っている人が多々いる時代で、病気になったことがきっかけで目標を持たざるを得なくなることは決して悪いことではないかもしれません。もしかしたらそれがキャンサー・ギフトと言われるもののひとつなのかもしれません。

3　治療方針の決定

・インフォームド・コンセントによる治療方針をしっかり確認しましょう。ちなみにインフォームド・コンセントとは治療などの内容についてよく説明を受け、十分理解した上で患者が自分の意思に基づいて医師と方針を合意することです。ですから、わからないところはとことん確認してからサインをしましょう。

・セカンドオピニオンは患者の権利です。希望する場合は担当医に伝えましょう。ちなみにセカンドオピニオンとは、担当医を替えたり、転院したり、治療を受けたりすることだと思っている方もいますが、そうではありません。まず、他の医師に意見を聞いて、より納得のいく治療法を選択することがセカンドオピニオンです。

・治療をどこで受けるかは一生の問題です。家族（場合によってはかかりつけ医とも）と相談して決めましょう。

～病院を選ぶ前に知っておいて欲しいこと～

・治療のやり直しはききません。自分の命がかかっているので慎重に決めましょう。

・説明を受けた病院ではできない治療でも他院ならできるものがあるかもしれません。

・治療とは医療者と患者の協働作業です。第一印象では判断が難しいかもしれませんが、医療者との相性も重要です。

・口コミだけで病院を判断するのは良くありませんが、出所の確実な噂は、ある程度参考になることがあります。一応周囲の評判も聞いてみましょう。

・施設の名前や評判だけで判断しないようにしましょう。ひとりのスーパードクター（ブラックジャック？）だけで治療は行えません。チームで対応してくれる（医師以外の職種の連携がしっかりしている）施設を選択しましょう。

・がん治療は長期戦になる場合があります。家族などのサポートを考える上でも立地条件も考えましょう。

・ある程度の医療制度を知っておく必要があります。特に最近の話題で知っておいて欲しいことは、

明らかに病院に入院していられる期間は短くなっていること

大病院では専門性が進み、簡単な病気などは好まれない（救急も含めて）

大病院には（今のところ）オールマイティな医師は存在しない

大病院でなんでも診てもらえる時代は終わった（あれもこれもということは難しい）

医療の役割分担が進んでいる

かかりつけ医　―　地域の病院　―　大病院

このようなことは病院が独自に決めているのではなく、国が制度として進めています。わからないところは相談室等で聞きましょう。

4　治療を受ける前に、まずやっておくべきこと、やらないといけないこと

・治療方針が決定したら、治療期間、内容などをもう一度再確認しましょう。場合によっては担当医だけではなく、受け持ちの看護師、薬剤師などからも話を聞きましょう。

・院内にあるがん相談支援センターなど各種手続きをどこですれば良いか確認しましょう。
・特に給付金等の手続きには時間がかかることがあるのでお金の問題は早めに相談しましょう。
・保険の付帯事項にがんに関することが結構記載してあります。しっかりと確認しましょう。
・たとえ早期がんの治療であっても検査や治療にはリスクが伴うことがあります。念のため、もしもの場合にも備えておきましょう。
・家族内でやるべきことのうち先送りにしてあることがあれば、必要に応じて処理しましょう。
・たとえばへそくりなど、自分しかわからないことが多々あると思います。もし自分がいなくなったら問題になりそうなことがあれば、この機会に家族と情報を共有しておきましょう。
・同じように断捨離が必要なものは（自分もしくは家族などが）、いつでも断捨離できるように整理しておきましょう。

5　検査・治療中の注意事項

・検査・治療を受ける前にしっかりと説明を受けましょう。

（例）　検査：何のための検査か？など
　　　手術：内容、回復までの時間、合併症、術後の注意点など
　　　抗がん剤治療：内容、スケジュール、生活上の注意点、副作用とその対策など
　　　放射線治療：期間、副作用など

・わからないことがあれば何でも聞きましょう。特にスケジュールは生活を行っていく上で重要です。しっかりと確認しておきましょう。

・治療中に疑問が生じたときは、その都度きちんと質問しましょう。医師以外にもいろいろな専門家が関わってくれています。そのためにも他の科の医師なども含めて日頃から自分の状態を把握してくれているのは誰かを確認しておきましょう。

・ちょっとした体調の変化でも、大きな症状の前駆症状かもしれません。気おくれせずにスタッフに伝えましょう。そのためにも、日頃からちょっとしたことでもスタッフと会話（せめて挨拶）をしてコミュニケーションを取っておくことを心がけましょう。

・患者から見ると、担当医や受け持ち看護師は一人（1対1）ですが、主治医、受け持ち看護師から見ると複数の患者さんのうちの一人に過ぎません（1対多）。過度の依存や大きな期待はかけ過ぎないようにしましょう。

・治療中は日常生活にいろいろな制限があるので、しっかりと覚えておきましょう。

・治療中には外野からさまざまな代替医療や宗教、物品などの話が入ってきます。受け入れようと思う場合には、事前に必ず担当医に相談しましょう。身体に不利益を被る場合があります。

6　退院～社会生活を送るにあたって

・退院前の説明時も最初と同じで、家族と一緒に受けましょう。場合によっては信頼のおける知人にも同席してもらいましょう。そしてわからないことは何でも聞きましょう。
・すぐにして良いこと、だめなこと（食事、活動……）
・特に注意しておく期間（いつごろから慣れてくるか……）
・特にどのような症状に気をつけるべきか？
・どの程度まで回復するか？
・定期検査と、その期間について
・家で何かあったときに、どこへ連絡すれば良いか？など
・無理はせず、できることからボチボチやりましょう。社会生活に身体を合わせるのではなく、身体の調子を鑑みてできることからやることが重要です。
・患者会やがんサロンなどが整備されてきています。すぐに利用しないとしても一応確認しておきましょう。院外にもありますので確認しましょう。
・すべてが参考になるとは限りませんが、同じ病気（病状）を体験した方の話を聞くことも有効です。特に生活上の工夫に関しては、医療者からの情報よりも参考になることがあります。ただし同じ病気でも治療内容や結果が同じとは限らないので注意も必要です。

7　再発したとき

・基本的には初発の場合と同じことの繰り返しになります。

・再発、再燃時の治療方針は施設・医師によって異なる場合が初回よりも多くなります。したがってこの段階でのセカンドオピニオンも患者の権利です。
・再発＝（即）死 ではありません。たとえば抗がん剤治療も原則的に一種類で終わりではなく、二番目、三番目の治療が続きます。ただし完全に治る可能性は低くなります。今後はいかにがんと長くつき合うかが人生の目的のひとつとなります。
再発→二次治療→三次治療→〇次治療→症状緩和が主目的に。
・病気の進行とともに思いがけないような、いろいろな症状が出てくる可能性があります。
・症状には早め、早めの対処が有用な場合があります。身体に変化が認められた場合には早めに伝えましょう。

8 人生の最期を迎える準備

原因はがんに限らず、ヒトは必ずいつか死にます。死亡率は一〇〇パーセントです。なんでもかんでも物事を〝いつか…〟と先送りせず、日々できることを片づけて、毎日を大切に生きていきましょう。その方が、充実した人生だったと振り返ることができるものと思います。いつか人生に終わりがくると思った方が、何かを成し遂げる原動力になる可能性があると思います。

〜マギーズへの想い〜

僕は、大腸がんの患者さんを中心として、数多くの患者さんの診療にあたってきました。入院中や、外来通院の頻度が高い場合にはそれほど問題がありませんが、だんだんと在院日数が短くなり、治療が外来にシフトされ、定期検診がメインになった場合などには、病院との関係性が希薄になり、戸惑っている患者さんがいるのではないか？　という疑問がいつしか湧くようになりました。そこでいろいろな患者会の皆さんに話を聞きに行くようになりました。すると、やはり退院してから生活していくなかで不自由さを感じたり、がんに対する不安感があったりした場合に、どこに相談に行けばいいかわからないといった声が多く聞かれました。

そこで生活の場、病院の外にがん患者さんを支援するような施設があればいいのではないか……そう思っていたときに、「北陸がんプロ（がんプロフェッショナル養成プログラム）で maggies' cancer carring center（以下マギーズセンター）のイベントがあるので手伝って欲しい」と偶然にも言われたのです。なんだか面白そうだと思い参加したのが、マギーズセンターとの出会いでした。そのイベントには、イギリス本国からCEOなどに加えて、秋山正子さんと田村恵子さんも演者として参加されており、今から考えると因縁めいたものも感じます。マギーズセンターは、単にひとりのがん患者に過ぎないと思っている人が、ひとりの生活者であり、自分にも、役割があることを思い出し、そっと誰かの背中を押してくれる場所と聞いて、我が意を得た思いでした。

その後、今の〈がんとむきあう会〉のメンバーとなる人達と一緒に「金沢にもマギーズが欲しいね！」と夢物語のように希望を語り合い、とりあえず年に一回、〈金沢一日マギーの日〉というイベントを始めたのが、もう五年も前のことです。

さらに、二〇一三年の一月にロンドンの本場マギーズセンターを見学する機会を得ました。ハード面のみならず、ソフト面の素晴らしさも目の当たりにして、このような施設があったら、どれだけがん患者さんの支援に繋がるかを考えると、絶対に金沢にも必要だ！という考えがいっそう強くなり、メンバーにそう伝えました。

その後、自分達の身のほどに合ったものをと考えて、山出保元金沢市長、建築家の妹島和世さん、そしてがんサバイバーでもあるエッセイストの岸本葉子さんをお招きして、シンポジウムを開催したのです。そこで、大きな箱ものを建てるのではなく、金沢の景観に合った町屋などを改装して、住民達が通いやすい所に、いくつかそうした場所を作るのが理想的ではないか、という意見をいただきました。「それならば自分達で実現できるかもしれない」と、夢が少しずつ現実味を帯びてきた矢先、昨年（二〇一五年）三月に進行胃がんが見つかり、闘病生活に入ることになったのです。

自分自身ががん患者となってみると、尚いっそうマギーズセンターのような場所の必要性を実感できるようになりました。〈がんとむきあう会〉のメンバーにそう伝えたところ、マギーズのコンセプトを軸とした〈金沢マギー〉をひとつ本気で作ろう、という運びになりました。おそらく仲間達も僕の病気のことを考えて、加速度が増したのだと感じます。まずは少しずつ実践を積もうと、町屋の一部をお借りして、定期的に〈金沢マギー〉、並びに〈まなびの教室〉を開催することにより、患者さんやご家族のニーズを確認し、ノウハウを蓄積し始めました。さらに常設に向けての施設づくりと、人員確保のためのお金を集めるために〈元《げん》ちゃん基金〉なるものを創設しました。

お恥ずかしながら、元ちゃんとは僕の名前、元一から取られました。加えてNPO化の届け出を行いました。ぜひ、今年度中に形にしたいというメンバーの思いを熱く感じました。

マギーズセンターのコンセプトを持つ施設は絶対に必要だと思います。

そのような施設が身近な生活の場にできることにより、ひとりでも多くのがん患者さんや、そのご家族が路頭に迷うことなく安心してケアができるようになるはずです。そのためにはまずひとつ、きちんとしたものを作りたいと考えています。

～お母さんへ～

忘れもしない二〇一五年三月二六日、その日から医療を提供する立場の人間から受ける立場への人間へと運命は一八〇度変わりました。それもほぼ数時間のうちに……。それは僕自身のことであって、でも、あなたも一緒です。

当日の朝は、いつもと一緒で八時過ぎに家を出て病院に向かいました。

木曜日は午後から医師会の理事会に出席後に成人病予防センターの理事会へと梯子をする予定で、そのあとは、年度末にしては珍しく送別会などの予定もなくて、久しぶりに家で夕食を取るはずでした。

おそらくあなたの頭のなかには、僕の健康を気遣っての、野菜と魚中心の献立ができ上がり、それまでにいつものように掃除をしてから買い物へ行って……と算段していたのではないかと思いますが、その予定を一瞬にして崩したのは、病院の外来看護師から「西村先生が下血したのですぐに病院に来てください！」との電話だったと思います。あなたが来てくれたのはちょうど胃内視鏡検査の前で、「カメラしてくるわ」「頑張ってね！」との会話をしたのを覚えています。内視鏡終了後は安定剤のおかげで自分自身はよく覚えていませんが、担当医からあなたに説明をする際に「一緒に聞きに行く」と言って立ち上がろうとした際に貧血と迷走神経反射、そして安定剤を使用したためにぶっ倒れてしまい、呼吸停止にまで至ったそうですね。

蘇生されつつ回復室へと連れて行かれ、暫くして意識を含めて元に戻りましたが、あなたにとっては、目の前で何が起こったかわからなかったことでしょう。その日と翌日に撮ったCT検査で肝転移が疑われ、かつ腫瘍からの動脈性の出血が疑われたため大学病院に転院ということになり、その日から夫唱婦随、二人三脚の第二の人生が始まりましたね。

これまで、ほとんど家庭を振り返らないような生活をしており、仕事以外のことはすべてと言っていいほど、あなたにお任せでした。亡くなった僕の父親及び、あなたの両親、そして唯一残っている母親のことも、ほぼ任せっきりで、それに加えて厄介な病気持ちがひとり増えたことになります。ただ、二人の子ども達に関しては、ほぼ目処がつきつつあったことだけは幸いでしたが……。

三二年前のあの花見の宴の夜、一緒にタクシーに乗らなかったら……。

結婚してからきっとあなたは、何回も思ったことと思います。

おそらく天職に近い看護師という仕事を続けたかったのに、僕のことを考えて専業主婦となり、子ども達や両親のことすべてを引き受けてくれたお陰で、今の僕があります。

本当であれば、やっと余裕ができて、これから一緒にいろいろな所に行ったり、あなたのしたいことをしてもらおうと思っていた矢先に病気が見つかり、それこそたった一日で運命が変わってしまい、本当にすみません。

それからは僕の専属看護師兼秘書兼運転手として、ずっと面倒を見てくれて感謝の言葉しかありません。ただ、周りの〈がんとむきあう会〉のメンバーのおかげもあり〈金沢マギー〉を作り、そして夫婦で一緒に作ったものを形にして残すことができ、皆と一緒に運営してもらえるということは、まさにキャンサー・ギフトそのものだと思っています。

僕の性格上、なかなか、面と向かってあなたに、本心を口に出しては言えませんでした。でも、北陸新幹線などでの移動中、うとうとと居眠りをするあなたの横顔を見ながら、何度こう呟いたか、わかりません。

あなたと結婚できて、本当に良かった。

今まで、ありがとう。

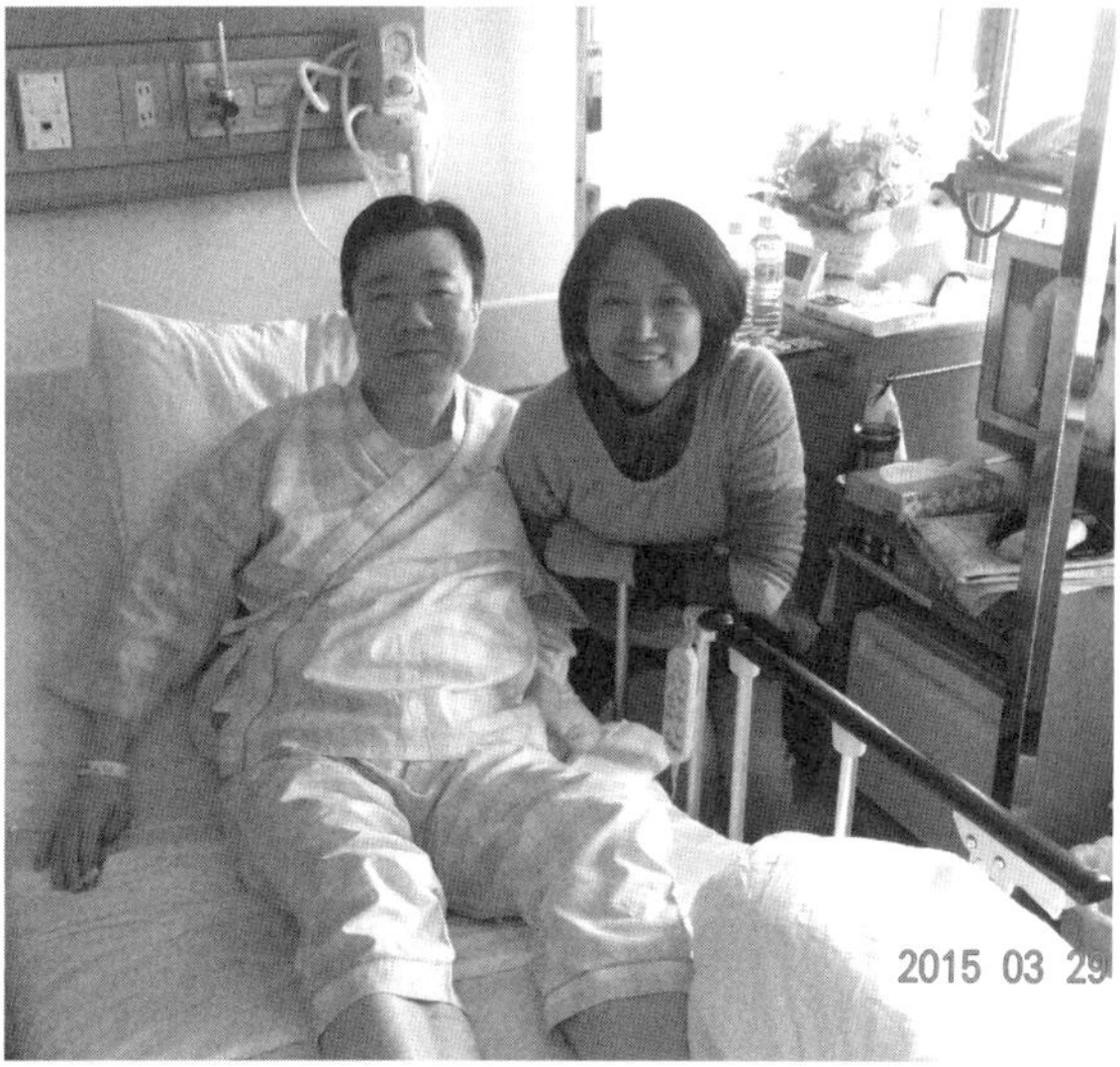
2015 03 29

～〈がんとむきあう会〉の皆さんへ～

金沢にマギーを！　という想いから集まって、初めは夢を語っていたのが、二〇一三年のシンポジウムをきっかけとして、皆で何か形あるものを作りたいという気持ちで盛り上がりました。

そんな最中に病気が発覚してしまい、本当に申し訳ない気持ちでいっぱいです。

その後、いろいろな形で僕の入院療養を支援してくださっただけでも感謝しかないのに、加えて本来であれば〈金沢マギー〉を作ることなど、そこですべて消えてしまってもしょうがない状況にもかかわらず、逆に「絶対に作ろう」と一致団結して言ってくれたことには本当に感謝しかありません。

僕のことを思って一日でも早く……という想いが、逆に不協和音を生んだりした時期もあり、本当に申し訳ありませんでした。

しかし、最後の最後まで妻と一緒に仕事ができて、そして思い出を残せるのも皆さんのおかげです。
良い仲間、いや、真の友人達に恵まれました。
本当にありがとう！

2015 07 26

巻末対談

僕にはもう、「いつか」はない。だから、「今すぐ」やるのです。

西村元一×長尾和宏

医療者と患者が対等になれる場所を

長尾　西村先生の言葉には、医者として、たくさん学ぶところがありました。たとえば、何げない一言が、患者さんを困惑させているということ。患者さんに「どうですか」と、私もつい挨拶のように使ってしまいますが。ときには、それすらダメージを与えてしまうのですね。医者の言葉が刃物になることも、薬になることもあるのだと、改めて気づかされた思いです。

西村　ありがとうございます。それは病気になったから知ったのです。僕自身、外科医として、「どうですか」と訊くことになんの疑問も持っていませんでしたからね。

長尾　医者から「どうですか」と訊かれれば、「はい、おかげさまで大丈夫です」と答えてしまうのが人というもの。ある意味、医者がその答えを強いている部分もありますね。まさに、患者の〝フリ〟を強いられる。

西村　そうなんです。患者が患者の〝フリ〟をするのは本当によくわかるんです。でも、そういうところから変えていかないとならない。それが、医者からがん患者になった僕の役割だろうと今は思っています。医療を裏と表、両面から見ることのできる、特殊な存在であることは間違いないので。医療というのは、患者が何もわかっていない、知らないから成り立っている部分が多くあるのだと今は感じています。

長尾 それは、外科医療においてですか？

西村 いいえ、外科だけではなく、緩和医療においても、インフォームド・コンセントに関しても……医療すべてにおいてです。

長尾 患者さんが知らないからこそ、成り立っていると。残念ながらその通りですね。たとえば、インフォームド・コンセントのことを、医療者は、「ＩＣを取る」と言いますよね。「おい、あの患者からＩＣはもう取ったのか」、とか、そういう言い方するけれども、これはもう、「おい、言質は取ったのか」と同じ物言いで、とても患者目線とは言い難いです。

西村　患者さんから「取る」ものじゃないですよね。両者で話し合って、ちゃんとお互いに納得し合わなきゃいかんのだけれども。

長尾　昨今、医療パターナリズム（医療父権主義）は排除されてきたと言えども、やはり上下関係は存在しているんですよ。

西村　だから、マギーズみたいな場所が必要だと強く思うわけです。医者と患者さんが、対等になれる場所です。病院ではフォローできない、「すき間」を埋められる場所とも言えます。長尾先生は、長年在宅医をされているから、こうした僕の違和感を理解してくれると思っています。

長尾　マギーズは、がんの人に限定される場所なのですか？　私は今、地元・尼崎を中心として、認知症の人が住み慣れた場所で暮らすための活動を、微力ながらやっているのだけれども。

西村　確かに僕は今、がんの医療のすき間を埋めようとしているけれども、もちろん、それ以外の人にも同じような場所は必要だと考えています。マギーというのは、本家・イギリスに則って、がんになった人に限定されますが。マギーをきっかけにして、横軸も縦軸も広がっていけばいいのではないでしょうか。どの病気においても、すき間は絶対できているので。

長尾　「病」ならば、なんでもそうですね。心の病も同じですね。西村先生の話を伺っていると、僕と同じ歳ということもあって、考えさせられます。自分が医師としてこれから何をやるべきかを。私もそういう、すき間を埋めるための活動を……。

西村　無理ですよ。毎晩看取りをしているような、今の長尾先生のお忙しさでは（笑）。僕の場合、やっぱり病気になったことがきっかけで、本格的に始動することができたのです。仲間が動いてくれたというのは大きいです。早くやらないと、僕に時間がないぞって皆が急いでくれている気がします。

長尾　何よりも西村先生の本気度が周囲に伝わったということでしょう。

西村　僕にはもう、「いつか」はないのだと、皆さんが理解してくれています。「いつか」じゃなくて、「今すぐ」動かないとダメなんだと。つまり、がんになってから始まる人生設計もあるのです。

長尾　私は、『がんは人生を二度生きられる』（青春出版社）という本を出していますが、西村先生はまさにこのタイトル通りの生き方をされていますね。そう考えると、自分はまだやっぱり、目の前の仕事に追われてばかりで俯瞰的に人生を見つめることなんて、できていないなあ。

西村　僕だってそうでした。がむしゃらに働いて、本当にやりたいことや、子育てを終えて夫婦で楽しみたいことは、還暦を過ぎてからゆっくり実行すればいいと。男性の場合、多くの人がそう考えていると思いますよ。だけど僕の場合は、もっと手前に人生のゴールがあることがわかってしまったので。

長尾　ゴールが見えるということは、悪いことばかりではないですね。そして、やりたいことが、マギーズの設立という、社会活動に繋がっていることがさらに素晴らしい。

マギーズでは、西村先生もがん患者さんやそのご家族の相談にのるのですね。

西村 もちろんそのつもりです。外科医で忙しかったときにできなかったことも含めて、今の僕であれば、もっとしっかりと、患者さんやご家族とコミュニケーションを取れるはずです。

長尾 そうですね、大きな病院ほど、記録作業に忙しく、患者さんとのコミュニケーションが取れない、本当にしたいことができないというもどかしさを感じて、大病院から私のクリニックに転職を希望する看護師さんや医師が少なからずいます。

西村 大病院は、決まり事が多過ぎるのです。電子カルテを打ち込むことが主要な仕事となり、大事なことを見失っている気がしますね。

長尾 看護は特にそうですね。数時間に一度病室に来て、バイタルチェックをして、機械のチェックをして、詰め所に戻って、コンピューターに記録を打ち込むことで精いっぱい。なかには、患者さんの顔色ひとつ見ない、会話をしないナースもいます。

そんな余裕がないのです。本当は、ベッドの横に座って、五分でも普通にお話をすれば、患者さんが今困っていること、望んでいること、いろんな情報を引き出せるのに。

西村 確かにそういう看護師さん、減りましたよね。昔は背中をさすってくれたり、額を触ってくれたりと、良い意味で世話焼きおばさん的な人がいて、もっと患者さんの身体に触れる機会が多かったような気がします。

長尾 在宅医療の場合、訪問看護は、それができるんですよ。患者さんの生活空間のなかにこちらが入っていくわけですから、触れ合ったり、世間話のひとつもしないと何事も始まらないのです。

西村 そうですね。僕もここ数年は在宅医療推進に力を入れていましたから、その違いはわかります。地域連携を手掛けたことで、ひとりの患者さんを診るにあたっても、職種間の隔たりがさまざま存在していることに気がつきました。やりたくても、業種の壁に阻まれて、できないこともたくさんある。それが本当に、患者さんのためになっているのかと。

医療者が責任を取らなくていい時代に

長尾　一方、インターネット時代になって、患者さんはなんでもよく知っています。がん患者さんが、「アメリカでは承認されたらしいので、この薬をやりたいんですけど」と、私もよく知らない、新しい分子標的薬の資料を持ってきたりする。エライ時代になったなあって思うこともあります。

西村　勉強をしている患者さんに、医者が敵わないときがありますね。言い換えればそれは、医者が責任を取らなくてもいい時代になりつつあるということです。インフォームド・コンセントにしても、もしも何かあったときでも、「この治療を選んだのは、あなたでしょう？　だってＩＣ取ったから」と患者さんに責任転嫁できる逃げ道ができたとも言えます。

長尾　私のところにくる紹介状にもそういう傾向が見られますね。特に若い先生方は、

「患者さんが選んだことで、私が決めたことではない」というニュアンスを書いてくる。だけど、患者さんに言わせれば、「先生に勧められたから、はい、と言っただけであって、私がこの治療を決めたわけではない」と言うこともあります。

西村　そもそも、コミュニケーションができていないんです。患者の立場から言わせてもらえば、やっぱり医者が自信を持って勧めてくれた治療法に乗りたいものですよ。自分の命を医者に預けるわけですから、医者が自信を持っている方法でなければ、任せたくはないわけです。だから、本書にも書きましたが、日本においては臨床試験というのは、本質的に成り立たないものなのだと今は思っています。

長尾　臨床試験を受けている時点で、信頼ができなくなるということですね。

西村　臨床試験が絶対に必要なのはわかりますが、がん患者としては、そこまで割り切れないものです。命がかかっているわけですから。

長尾　そうですよね。命に関わらないお薬ならばともかく、抗がん剤で、本当の薬か、プラセボ（偽薬）かわからないものを処方するというのは、医師の倫理観的にも、なかなか難しいものがあります。EBM（Evidence Based Medicine）というのはそもそもRCT（Randomized Controlled Trial）やケース コントロール スタディ（case-control study 症例対照研究）などで成り立っていますが、あくまで西欧的な発想です。合理的ですが犠牲の上に成り立っているものです。和をもって尊しとなす日本人には、本来向いていませんね。

西村 アメリカは国民皆保険制度ではないですから、臨床試験で初めて治療が受けられる人もいて、一定のメリットはありますが。日本の場合はありません。

長尾 西村先生が医者として臨床試験をやっているときは、どう思っていたのですか？

西村 正直、疑問はありました。しかしそこは立場上、いかに患者さんを上手く説得するか……嫌な言い方をすれば、「騙す」になるだろうし、だけど、本当に状態の悪い患者さんにはもちろん臨床試験は勧めませんでしたし、葛藤はありました。だけど今、患者になった僕がもう一度、臨床試験を勧める立場になれと言われたら、ちょっと考えますよね。

長尾　大なり小なり、医者は、患者さんを騙して治療をしている部分はあるんですよ。騙すに語弊があれば、誘導している部分が。

西村　それはどの世界だって一緒かもしれませんけどね。たとえば、僕らが法律の世界に首を突っ込んだら、弁護士や検察に騙されていても気づかないように。

患者になって初めて知った抗がん剤の副作用、食の変化

長尾　ところで、抗がん剤治療は外科がやるんですよね。

西村　外科じゃなくて、本当は腫瘍内科が行うべきだとは思うのですが、人がいないんですよ。北陸の病院ではまだ、腫瘍内科は数えるほどしかありません。

長尾　先生の病院には腫瘍内科医の先生は何人おられるんですか。

西村 常勤はいません。非常勤が一人だけです。非常勤の先生が週に一度、メンテナンスに来てくれるという形を現在は取っています。

長尾 では、抗がん剤治療に関しては、外科医が腫瘍内科医を頼っているのですね。

西村 ルーティン的な治療は問題ないのですが、治療内容を変更するとか、どこでベストサポートケアに行くか、どこでやめるか、というタイミングについては、腫瘍内科医のアドバイスに従いますね。あと、新しい薬の使い方も教えてもらいます。

長尾 全国を見ても、抗がん剤治療の半数以上、もしかしたら、七割近くは外科医の仕事になっていますよね。しかも腫瘍内科は、比較的新しい分野だから、それぞれ違う専門分野から医師が来られている。だから、専門医と言えども抗がん剤のすべてを把握しているわけではなかったりします。

西村 その通りです。腫瘍内科医の資格を取ったからといって、肺と大腸と血液、それに乳がん、前立腺がん……など、すべてを理解するのは物理的に無理だと思います。ですから、多くの病院は、各診療科が抗がん剤治療まで請け負っているはずです。腫瘍内科医は、全体のメンテナンスを行うというイメージでしょうか。

長尾 ある意味、医療が細分化され過ぎたことによる弊害ですよね。抗がん剤が上手くいかなかったとき、どこでその治療をやめるべきかも、よくわからない医師が多いように思います。やめどきを知らないのです。副作用に関しても、理解しているようで、実際のしんどさをイメージできない医者もたくさんいます。先生も確か、抗がん剤のTS－1を飲まれていたと仰っていましたが、自分で飲んでみたら、どうでしたか？

西村 イメージと違いましたね。味覚障害が出たんです。甘さの閾値が下がったようで、口の中が四六時中、甘苦いのです。あれは想像以上にしんどいものでした。そこで処方された口腔内崩壊錠が、さらにしんどかった……あんなに甘いものだとは思わなかったです。がんになる前は、「口腔内崩壊錠は水なし服用できて、しかも甘い口当たりだから飲みやすいですよ」と患者さんに勧めていたこともありました。まさかあの甘さが、味覚障害になったときに、最低な味わいになるとは思ってもみませんでした。

長尾　そんなことを言えるドクターは、日本で西村先生だけですよ！

西村　教科書で習うことと、経験してわかることとは全然違います。日によってどころか、時間によって食べられるものと、食べたくないものが変わってくるというのも、がんになってみて初めて知りました。たとえば、下剤代わりに以前は牛乳を飲んでいたのですが、今は牛乳を受けつけないのです。

長尾　もともと、先生、なんでも食べられる人だったんですか？

西村　はい、どちらかというと美食家で、栄養のバランスを気にして食べるというよりも、食べたいものを思うままに食べていました。

長尾　お肉とかは？

西村　大好きでしたよ。術後はしばらく怖かったので、たんぱく質は主に魚で摂っていましたが、今はときどきお肉も食べています。しかし今も、ダンピングが怖いこともあり、栄養の半分は点滴で摂っています。食事も、メインになるのはたいていポタージュ系のスープです。

長尾　スープ系ですか。そういえば、ちゃんとした術後食の教科書って見かけないですよね。とても大切なテーマなのに。

西村　個人差があるから難しいのかもしれませんね。消化のいいものばかりを求めようとすると、結局、お粥ばかりになってしまいますし。でもそうすると、糖質が多くなって、僕の場合はさらなるダンピングに繋がりました。

長尾　糖質が多い方がダンピングに？

西村　僕の場合、血糖が急激に上がると、ダンピングしやすくなるようです。今も怖いので、あまりご飯は食べませんね。それで糖質が足らなくなったからでしょうか、一時期は冷や汗が多量に出るようになり、あれほど甘いものがダメだったのに、飴を一袋、ボリボリと食べていたこともありますよ。あとはとにかく、ゆっくり食べることが大事なのかな、と思います。

長尾 胃を全摘して貯留嚢がないから、ちょっとずつ栄養を落とし込んでいくしかないと。それでも、食べる楽しみが少しでもあるのならば良かったです。

西村 時間帯によっても違うんですよ。お昼に食べたら冷や汗が出るのに、夜間、CVで繋がれているときは同じものを食べても楽なことがあります。食事、栄養管理に関しては、この本にも書いたように妻がすべて仕切ってくれています。栄養面に関しては、偉そうなことは僕は何も言えません。妻のサポートありきです。

長尾 なんの予兆も、心の準備もなく、西村先生がたった一晩で医者からがん患者になったように、奥様もたった一晩で、がんの夫を支える妻になったわけですよね。それにも関わらず、あらゆる面で気丈にご主人を支えられているのは、流石です。

死について語り合うことも、ときには大切

西村　ところで、長尾先生が掲げている平穏死って、いい言葉ですよね。実は、妻も長尾先生の『「平穏死」10の条件』（小社刊）を読んでいたから、母親を施設で穏やかに看取れたという経緯があります。

長尾　そうですか。ありがとうございます。しかし、自分の患者さんにはなかなか勧められないものです。やっぱり、本のタイトルに「死」がつくと……。

西村　でも、がんになると、やはり告知を受けたときに必ず、「死」というのは頭をよぎるものですから、避けては通れないテーマです。

長尾　では、マギーズは、死についても仲間同士で話し合える場所になりそうですか。

西村　そうなればいいと思っています。昔だと、「がん」と言う言葉だけで隠そうとして

いたし、怯えていました。僕が外科医になった頃は、がんの人にもポリープだと嘘をついて手術をしていたものです。しかしもはや、そういう時代ではありません。「マギー＝がん患者の集う場所」と認知されているからこそ、安心して出かけようと思う人もいるでしょう。そういう意味では、オープンに死を語り合うことにも、ためらいはなくなってきているはずです。皆さん、死についての不安感を人知れず抱えているのは事実ですから。

長尾 人間、誰しも必ず死にます。がんだから、認知症だから、死ぬのではなく、生きているから死ぬのです。末期がんになると余命宣告を受けますが、誰しもが余命八十年とか、六十年とか、余命宣告を受けて生まれてきているようなもの。もしかしたら明日、事故や天災で死ぬかもしれませんしね。だから、がんの人にだけ、あえて余命宣告という形で告げるのはおかしいなあと。余命宣告という言葉が好きではありません。

西村 仰る通りですね。しかし、先ほども申し上げたように、余命を告げられてからできる人生設計というのもあるので、受け止め方次第かなという気もします。

長尾　それは西村先生の懐の深さですね。強くてしなやかに生きておられるから。

医者だって、神頼みはします

長尾　西村先生は、今も、金沢赤十字病院の副院長でおられますよね？　そして、患者さんとしても、同病院で治療を受けておられる。

西村　はい、しかし副院長は、昨年（二〇一五年）から休職中なので、今のところ院内での医療行為はできません。外ではどんな活動をしても構わないと言われています。

長尾　病院のスタッフはどうなんですか？　患者さんとは言え、多くの人にとって上司にあたるわけですから、腫れものに触るような対応をされるのでは？

西村　いや、そうでもないです。主治医は一〇歳ほど年下の後輩ですが、全面的に信頼していますし。それに、患者としてこの病院にいる方が、いろいろと相談事を受けるようになりました。駆け込み寺みたいな役割になっているのかもしれません。時間が許す限り、彼らの悩みを聞いています。

長尾 なるほどね。それはいいことですね。

西村 昔は忙しかったから、今のようにスタッフとゆっくり話すこともあまりありませんでした。出張も多かったので、一年の内、三分の一は病院にいませんでしたから。今はもう、出張はどんどん減らしています。講演会で遠出することはたまにありますがね。その分、妻と、神社にお参りに行くことが増えました。ここ（金沢）から車で二十分ほどのところに白山比咩《しらやまひめ》神社という神社があるのです。全国に二千社以上ある白山神社の総本社なんです。がんになってから、そこに朔日参りをするようになりました。

長尾 霊峰・白山の麓の神様ですね。お伊勢さんと白山って、深く繋がっているんですよ。地図で見るとわかるんですが、お伊勢さんの真上に白山のその神社があるんです。神様の通り道だったんだと思います。

西村　そうですか。お参りするたびに、何かあると感じますよ。このあたりに天災が少ないのも、白山のお陰だと昔から言われています。

長尾　白山は素晴らしい霊峰です。私、写真集を持っているほど好きなんです。そうそう、医者は科学的なこと以外信じないと思っている人も多いようですが、そんなことはない。神秘的なものの持つ力を信じている人は、結構います。医者だって、いや、医者だからこそ、神頼みをすることは多いんじゃないかな。

西村　できることはなんでもしよう、そういうマインドで毎日生きています。

二〇一六年五月　金沢市〈凪のいえ〉にて収録

対談者プロフィール：

長尾和宏（ながおかずひろ）。医師、医学博士。長尾クリニック院長。日本尊厳死協会副理事。一九五八年、香川県生まれ。一九九五年、尼崎市で開業。二〇〇六年より在宅療養支援診療所となり、外来診療と二十四時間体制での在宅診療を続ける。主な著書に『「平穏死」10の条件』『抗がん剤10のやめどき』『長尾先生、近藤誠理論のどこが間違っているのですか？』など。

目標を持とう。できれは人と共有していけるものを

岸本葉子

この本を読み終えようとしている今、読みはじめとはずいぶん違う心持ちである自分に気づくでしょう。

はじめはどこか、構えていたと思います。がん専門医が、無治療なら余命半年のがんを告げられた。がんについて誰よりよく知る人だから、事実から目をそむけた楽観的な見通しを抱くことはできない。どんな過酷な日々なのかと。

読み進むうち、いい意味で面喰らいます。のびやかな文章と、照れを含んだ、愛すべきユーモアまであることに。味覚障害対策でさまざまな柑橘類を送ってもらったときの「お願い」にカッコして「おねだり」と付け加えるなど。国語のセンスがないなんて嘘です！

状況は厳しいです。予想以上の病気の進行に「このままずっと寝てしまい、目が覚めなくてもいいよ」と弱音めいた言葉を口にし、家族を困惑させてしまった

ことも、著者は率直に綴ります。それが読者には、まるで古い友人が「進行がんとわかって僕は、こんなふうに感じ、考え、行動してきたんだよ」と心を開いて語りかけてくれているような、親近感でもって、まっすぐ胸に届くのです。

名言がたくさんありました。引用したいところに付箋をつけていったら付箋だらけになってしまったので、ほんの一部を、それも逐語的でなくエッセンスのみ紹介します。

・バッドをあやふやにするとワーストになりかねない。
・フリがお互いムリとズレをまねく。
・良いニュースで悪いニュースを相殺していく。
・人が集まるほど、足し算でなく掛け算になる。
・「いつか」はない、だから「今すぐ」やる。

〈巻末付録〉はほんとうに貴重。医療者、患者、患者の家族、三つを体験した著者ならではです。それぞれの立場の読者が、受け取るものは多いでしょう。

目標という言葉が何回も出てきます。がんを抱えながら目標を持って生きているというと、「強い人。私にはできない」と思われがちですが、そうした評価で自分から遠ざけてしまうのは、むしろもったいないことです。

がんになっ「ても」目標を持てるのではない、がんになっ「たら」持たざるを得ない、持たないと生きていけない。「僕は今、健康な人よりも、死までの距離が、明らかに違う場所に立っています。距離が見えた今、いらないことはせず、しっかりと目標を定めて生きていくしかないと思います」。

著者のいちばんの目標は〈金沢マギー〉。がん患者や家族の新たな支援の形として、がんになる前から著者が、実現をめざして活動してきたことは、この本に書かれているとおりです。私もその頃から活動を応援する機会をいただき、〈がんとむきあう会〉のメンバーのお宅での打合せ兼食事会に参加しました。そのときのことは忘れません。

医療従事者が職種を超えて、市民との隔てもなく、和気あいあいと話している。著者のおつれあいもエプロンをつけ立ち働いて。ふつうに言えば、大病院の副院長夫人だけど「ふつうに、いっしょに台所仕事をするのだなあ」と。

他職種との協働、地域に根づいたボランティアにも積極的な病院づくりを、著者が推進してきたことを知れば、私を驚かせた姿も、自然なありかたなのでした。その実現を自分の使命に絞り切れたのはキャンサー・ギフトであると著者の言う〈金沢マギー〉。著者夫妻と仲間たちの奮闘あってこの秋、常設化の運びとなりました。その頃には著者は、がんになってから二度目の誕生日を迎えます。

読み終わるまでに何回か、涙した読者もいるでしょう。クールなことで知られる（？）私も最後の方ではそうでした。そして今、洗われたような心にあるのは、感謝して生きよう。目標を持とう。できればその目標は、人と共有していけるものでありたい。そんな思いです。

当たり前のように過ぎてしまうかもしれないそのことが、本を閉じた後の心にたしかに残る。がんであるとないとにかかわらず全ての人に贈られる、著者からのギフトです。

岸本葉子（きしもと・ようこ）一九六一年神奈川県生まれ。東京大学教養学部卒業後、日常生活や旅を題材にエッセイを発表。二〇〇一年に虫垂がんを体験後、執筆活動のかたわら、対がん活動にも携わっている。著書は『がんから始まる』『がんと心』（いずれも文春文庫）、『二人の親を見送って』（中央公論新社）『週末介護』（晶文社）等多数。
公式サイト http://kishimotoyoko.jp/

著者プロフィール：西村元一（にしむらげんいち）
1958年9月、金沢生まれ。1983年金沢大学医学部卒業、金沢大学医学部第二外科入局。2009年より金沢赤十字病院副院長。金沢で生まれて以来、五十年以上金沢市内に住み、金沢が本当に大好きな外科医。専門の大腸がんの治療などを中心に、患者さんにいかに最善の治療を提供するかを絶えず考えている。地域の住民が、病んでも老いてもその地域で最後まで生活していけるようにと模索する中で、イギリスにある〈マギーズキャンサーケアリングセンター〉を知り、金沢にマギーズのコンセプトを持つ施設をつくることに向けて、仲間と共に邁進している。

がんとむきあう会の会員募集中！

詳しくは、ＨＰ　http://gmk.or.jp/　フェイスブック https://www.facebook.com/gmk20 を御覧ください！

元ちゃん基金　ご協力のお願い
金沢マギーの活動にご賛同される方々のご寄付をお願いしております。

常設の「場」を作り、運営する資金とさせていただきます。
1．ゆうちょ銀行　口座名：ゲンチャンハウスウンエイキキン
（ゆうちょ銀行から）記号番号 00700-5-42088
（他の金融機関から）店番 079　当座 0042088
2．北陸銀行　金沢駅前支店（普通）6030033　口座名：ゲンチャンハウスウンエイキキン
※振り込み後、以下のアドレスにメールまたはFAXにて
①お名前②ご住所③ご寄付金額④お振込み日をお知らせください。
E-mail: info@gmk.or.jp　FAX:076-242-0647　HP: http://gmk.or.jp/
〒920-0935　金沢市石引 4-4-10 NPO法人がんとむきあう会事務局（元ちゃんハウス内）

余命半年、僕はこうして乗り越えた！

〜がんの外科医が一晩でがん患者になってからしたこと〜

2016年 9月29日　初版第一刷発行
2017年 6月30日　初版第三刷発行

著者　西村元一

カバーデザイン　近藤真生
本文デザイン　谷敦（アーティザンカンパニー）
Special thanks　岸本葉子
長尾和宏
編集　小宮亜里　黒澤麻子
編集協力　村山聡美
扉写真　毎日新聞社

発行者　田中幹男
発行所　株式会社ブックマン社
〒101-0065　千代田区西神田 3-3-5
TEL 03-3237-7777　FAX 03-5226-9599
http://bookman.co.jp

印刷・製本：図書印刷株式会社
ISBN 978-4-89308-869-7